KB132119

서울은 왜 이렇게 추운 겨
유용주 시집

문학동네시인선 104 유용주

서울은 왜 이렇게 추운 거

시인의 말

2014년 4월 16일 세월호 대참사가 일어났습니다. 한동안 멍하니 앉아 있었습니다. 왜 구조하지 못했나, 자문하기 바빴습니다. 아프게 물어본 거죠. 1980년 5월을 떠올리고도 살아 있는 제가 말입니다. 억울하게 죽어간 아이들을 생각하며 유가족들과 함께 있는 힘껏 외쳤습니다. 죽어도 잊지 않겠다고 말입니다. 다큐 영화를 봤고, 시청 앞에서 낭송을 했으며, 순례길에 동참해 53일간 해안선을 따라 걷기도 했고, 광화문에서 단식(내 인생을 세 토막으로 나눈다면 전반기는 굶주림의 연속이었다)도 했습니다. 뒤늦게 팽목항과 목포 신부두에 가봤으며 여러 번 촛불을 켜고 얼마 안 되는 돈도 내놨습니다. 남도는 황량했으며 바람은 남쪽으로 쉼 없이 불었습니다. 헤엄을 쳐 인천에서 제주까지 갈까(친구와 상의했으나 돈이 많이 들어간다 하여 포기하고 말았습니다. 제주도 사는 시인이 제일 반대했다는데 아마 그는 대한해협의 높은 파도를 걱정했을 겁니다. 목숨을 걸지 않으면 아무것도 이룰 수 없는데……), 바닷가에 조형물을 설치할까, 별생각을 다 했습니다. 그러면 뭐합니까? 아이들이 살아 돌아오지 못하는데요. 아이를 둔 아빠의 마음으로 썼습니다. '아이들'에게 평생 '빚진 어른'임을 잊지 않으려 합니다.

2018년 4월
유용주

차례

5부 세상 가장 낮은 말씀이시라

1부
찬물 먹고 숨을 쉰다

뺑이라고 했다

단자를 가다 시퍼렇게 불 밝힌 호랭이 새끼를 본 적이 있다

귀 달린 비얌을 본 적이 있다

온몸이 검은, 파란, 붉은, 흰 비얌을 본 적이 있다

풀을 베다 나무 위에서 살모사가 우수수 떨어지는 것을 본 적이 있다

담부떼가 나무를 오르내리는 모습을 본 적이 있다

비 온 날 배가들 뫼뿔에 앉아 있던 곰을 본 적이 있다

나무를 하며 산갈치가 날아가는 것을 본 적이 있다

맑은 날 길을 걷다가 하늘에서 떨어지는 물고기를 잡은 적이 있다

구멍 속에 맑은 물이 고인 더덕을 캔 적이 있다

혼불이 나가는 것을 본 적이 있다

돌로 쌓은 항아리 안에서 아이 울음소리를 들은 적 있다

한밤 머리 없는 여자가 뒤돌아서는 것을 본 적이 있다

아부지 돌아가신 날에는 하얀 두루마기를 입고 꿈에 나타났다

강이 흐느끼는 소리를 들었다

산이 우는 소리를 들었다

오전 10시쯤 해가 퍼져 오후 2시 27분에 뒷산으로 넘어가는 겨울

밤엔 해보다 밝은 달이 뜨고 별들이 흩뿌려놓은 듯 흘러가는

눈이 내리면 굴을 파서 이웃집에 마실을 가던

모든 노래가 한낮 그늘인

지금은 사라져 다시는 볼 수도 들을 수도 없는

묵언(默言)

누가 오셨나 마루에 비 오시는 소리 듣는다

개울물 소리 읽는다

나무에 스치는 바람 소리 건너간다

짐승 우는 소리에 귀 쫑긋 늘어진다

벌레들이 어디로 꼬이는지 살펴본다

풀을 깎고 뽑는다

나무를 껴안고 빙빙 돈다

밤에 몇 번이고 마당에 나와 하늘을 올려다본다

어릴 때처럼 별들이 흐르고 달이 이울고 뭉게구름이 떠
있고

수제비와 팥죽은 없다

아침이면 새소리에 잠을 깬다

가끔 텃밭을 고른다

감나무 잎이 소리 없이 진다

이빨 물고 깨어 있는 서리꽃을 밟아본다

눈물겹게 눈 내리시는 모습을 바라본다

꽁꽁 언 얼음장을 들여다본다

찬물 먹고 숨을 쉰다

이틀이나 사흘에 한 번 밥솥이 혼자 말한다

밥이 다 되었으니 잘 저어주라고

채근담을 읽었다

토옥동 계곡을 걸었다

살얼음이 깔려 있었다
오소리를 읽었다
고라니를 읽었다
너구리를 읽었다
담부떼를 읽었다
멧돼지를 읽었다
그 위로 눈이 내렸다

나무와 돌은 그냥 지나쳤다
물이끼는 그냥 지나쳤다
살얼음 속으로 숨은 물고기와 고동은 지나쳤다
응달의 너덜겅과 고드름은 지나쳤다
지난여름, 폭우에 뽑힌 나무뿌리는 지나쳤다
흙속의 서릿발은 애써 피했다
구멍을 뚫어 고로쇠를 채취하는 산골 농부 얼굴을 힐끗
쳐다봤다
소리내어 흐르는 물을 힐끗 쳐다봤다

낙엽만 보고 걸었다
썩어 거름이 된 삶을 보고 싶었다

나무와 돌과 물은 너무 무거웠다
낙엽은 가벼워서 편했다

내 삶을 들여다보는 느낌이었다
눈 위에 찍힌 내 발자국을 보고 걸었다

동치미

1
칠성암 올라가는 옛길가 왕소나무
미련 없이 생을 버린 겨울날
얼음장 밑으로 희미하게 물소리 들린다

곧 폭설이 몰려오리라

함박눈, 세상 모든 소리를 삼켜
이승의 숨소리 가장 크게 들릴 때쯤
살얼음 낀 동치미를 퍼온다

은하수 소용돌이 속 연꽃은 피어오르고
눈보라와 계곡물 넣어 오래오래 치댄 반죽을
설설 끓는 가마솥 국수틀 위에 얹고 참나무 장작 괄게 지
핀다
천 개의 손이 구름을 어루만져 바야흐로 메밀꽃 천지다

보살국수는 해탈에 가까운 음식이다
만백성 살린 약사여래이다

2
솥뚜껑처럼 시커먼 손이
열다섯 붉은 뺨을 사정없이 후려치던 겨울이었다

수원 팔달로 근처 갈빗집 주방
내실에서 잠자던 소년은 저승 문턱을 몇 번이나 넘나들
었다

벌겋게 달아오른 뺨이 부풀어
코피 터져 쇠 타는 냄새가 났지만
자꾸 처지는 모가지를 받치고
동치미 국물을 억지로 먹여주던 억센 손이 있었다

연탄재 어지럽게 널린
주방 뒤편 골목이었다

형제간

겨울 신무산에서
고라니 똥을 만났다

쥐눈이콩처럼 반짝이는
무구한 눈을 한참 들여다보았다

완벽한 채식만이
저 눈빛을 만들 수 있으리라

쌓인 눈 위에 찍힌 황망한 발자국들……
똥 누는 시간마저 불안했구나

놀라게 했다면 미안하다
미안하다,
미안하다……

눈꽃

나무는 원래 따뜻한 동물이었다
나무의 혈관 속에 흐르는 피가 따뜻하지 않다면
저 안개 알맹이의 안부를 묻지 않았을 것이다
강물과 함께 소리 죽여 울지 않았을 것이다
성난 파도와 함께 통곡하지 않았을 것이다
나무는 원래 눈물이 많은 동물이었다
눈꽃이 바위에 달라붙는 경우를 본 적이 있는가
나무는 따뜻한 짐승이었다
눈이 까만, 순한 짐승이었다

나무가 밤새 흔들리면서 꽃피는 이유는
뿌리까지 내려오는 통증 때문이다
동상에 걸린 가지를 잘라내면서도 겨울을 견디기 때문이다

눈꽃은 한 시절 산사내들이 흘린 핏방울처럼
스며들면서 천천히 피어난다

고드름

물로 만든 못을 보았느냐
물로 만든 창을 보았느냐
물로 만든 칼을 보았느냐

저것은 무엇이든 뚫을 수 있다
저것한테 걸리면 무엇이든 박살난다
강원도 원주시 흥업면 매지리 회촌 마을회관
조립식 건물에 매달린 고드름
저것한테 찔리면 쩡쩡 얼었던 겨울도
쩍쩍 갈라진다

강철 주렴 활짝 열어젖히고
봄 한바탕 맞이해보겠느냐
거꾸로 매달린 자의 고독을 맛보겠느냐
(끝까지 매달려 있으려고 얼마나 애를 썼던가)

물로 만든 작대기에 피멍 한번 들어보았느냐
물로 만든 불의 함성을 들어보았느냐

화상

강물 위에
산벚꽃잎 떨어져 흘러간다
보릿고개 넘어가던 버들치 식구들
웬 떡이냐 싶어 덥석 물었다가
핫! 뜨거라!!
얼른 뱉어낸다

꽃잎은 물의 피부가 짓물러 벗겨진 흉터였구나
강 중심까지 통증이 퍼져나갔나
빗살무늬 토기처럼 파르르 물결이 떤다
상처를 소독하던 뭉게구름 팔 잔등 위에도
파란 소름이 돋는다
빨간 혓바늘 돋는다

몽정(夢精)

꼿꼿하게 독오른 고추가
뭉게구름을 토해내는 7월 땡볕

풀도 약이 바짝 올라 하늘 향해
가시 독침을 마구 쏘아대는 한낮

겁없이 수룡골 산 꼴 베러 올라간 게 잘못이었다

까치독사를 잡아 목걸이처럼 두르고
노루와 늑대를 산 채로 찢어 뜯어먹는
불곰하고 같이 올라갔으니 뭐가 두려우랴

신이 춤을 추며 하늘로 올라간 신무산(神舞山) 아래
천년 묵은 이무기 떨어져 죽은
용소(龍沼)는 깊고 바람은 달다

온갖 푸성귀 나물 소박한 점심 물리고
귓불 늘어진 붉은 뱀 할배 낮잠 깊이 들어
참매미도 숨을 고르는데

그 나이에 어쩌나 청각이 뛰어나던지
140억 광년 떨어진 별들의 방구 소리는 물론,
발정난 별똥별 접붙이는 소리에도 사레가 들린다는데

하필 겨드랑이 근처에 산딸기 요염하게 영글었다
사마귀 되어
말벌이 되어
날개 접으며 혓바닥 들이대는데
크르릉, 독침에 쏘인 맑은 하늘이 딸꾹질을 하는 바람에

게 섰거라!
잠 깬 홍사(紅蛇) 할배 벽력같은 호통 소리에
낙엽송, 소나무, 참죽나무, 옻나무, 사시나무 떨듯
지게작대기 내던지고 억새밭 헤치고 달려나오는데

꼬리를 땅에 대고
수직으로 선 붉은 뱀이,
장딴지 굵은 할아부지 뱀이,
낭창낭창 회초리가 되어
허리채를 확
잡아채는 순간

울컥, 지하 암반수 터진다
산산이 찢어지는 푸른 잎사귀들
떨어져 요동치는 물고기떼들

여름 한낮이 온통 땀범벅
몸살을 앓아 통째로 드러눕는다

시가 내게로 안 왔다

그가 내게로 안 왔다

새벽까지 깨어 기도드렸지만 안 왔다

아침도 먹지 않고 풀을 매고 씨를 뿌렸지만 안 왔다

새참을 줘도 안 왔다

쌈채소와 애호박과 풋고추와 가지를 줘도 안 왔다

마늘과 황토 고구마와 햇김을 바쳐도 안 왔다

청정 산나물과 비싼 횟감으로 점심을 차려도 안 왔다

낮술을 먹고 입으로 토해도 안 왔다

온종일 땀으로 소금꽃을 피워올려도 안 왔다

발바닥이 부르트도록 걸어도 안 왔다

밤길을 걷다가 넘어져 피를 흘려도 안 왔다

속울음 삼키며 무릎 꿇고 빌어도 안 왔다

—

단식을 해도 안 왔다

삼보일배를 해도 안 왔다

1번 국도를 따라 강정마을까지 걸어도 안 왔다

봄날, 아이들 이름을 부르며 눈물 흘려도 안 왔다

산성과 차벽을 뚫으려다 식물인간이 되어도 안 왔다

전과 18범이 되어도 안 왔다

연좌농성 고공농성을 해도 안 왔다

목숨을 끊어도 안 왔다

강물이 되고 파도가 되어 물마루 끝에서 호곡을 해도 안 왔다

별이 되고 바람이 되고 구름이 되어 흩어져도 안 왔다

기다려도 기다려도 오지 않는,

—

오지 않을 것을 뻔히 알면서 기다리는 내게
그는 끝내 나타나지 않았다

2부
내 아이는 어디 출신인가

개 두 마리

　　나는 부산에서 태어나 여섯 살 때까지 살았다 여름에 아
버지 본적지로 이사했다 어머니 고향은 여수 바닷가이다 경
상도 보리 문뎅이라고 야유했던 코찔찔이들이 금방 불알친
구가 되었다 사춘기 시절에 식당 주방이나 공장, 시장에서
일을 할 때 물건이 없어지면 나를 지목했다 전라도 깽깽이
라고 놀렸다 전라도 놈들은 의리가 없다고 흰소리해댔다 강
릉 유가는 서울살이가 고달팠다 서울에서 18년, 군대 3년은
양평에서, 우여곡절 끝에 결혼한 다음, 서산에서 20년 넘게
살았다 서울 선배들은 자민 놈이 올라왔다고 놀렸다 아내는
충청남도 사람이었고 당연히 처가는 충청도 사투리를 썼다
큰집은 부산, 누나와 조카들은 40년 가까이 인천에서, 동생
은 아이들과 수원에서 숨쉬고 있다 나는 아무런 잘못이 없
었다 태어난 게 죄였다 우리 안의 편견과 선입견은 숨어 있
다가 틈만 나면 튀어나온다 내 아이는 어디 출신인가

살을 붙여서

나와 53일을 함께한 최종대 선생은 82세(나는 28세 청년
이라고 놀린다) 고령이다 황해도 연백이 고향인데 좌우가
어지러울 때, 마을 사람들을 굴비처럼 엮어 산 채로 수장시
킨 걸 어린 눈으로 본 적이 있다(총알을 아끼려고 바닷물이
들어올 시간을 기다려 절벽에서 슬쩍 밀었다) 내장을 파먹
은 동네 개가 해변을 우짖고 지나갔다 어려 배곯은 추억에
수렵 및 채취가 달인 수준이다 사춘기 시절, 교동도로 헤엄
쳐 건너왔다 평소 얼마나 충동적인지 새벽 신문을 보자마자
무조건 짐보따리를 쌌다 갑자기 사라진 바깥양반 소식이 없
자 부인이 파출소에 실종신고를 했다나 어쨌다나 딱 하루
집에 들러 팽목항까지 걸으니 걱정 말라고 싱겁게 한마디
했다 이 양반이 비닐 풍선에 현금과 전단지를 넣어 북으로
보내는, 북한 주민 인권을 몹시 걱정하는(?) 새파란 녀석에
게 대들다가 한 방 얻어맞았는데, 안경이 깨지고 말았다 그
뒤로 신기하게 눈물이 많아지고 안경 없이 작은 글씨를 읽
을 정도로 젊어졌다니 안경을 여러 개 잃어버린 나도 그놈
한테 시비를 걸까 궁리중이다

동백

어머니 고향이기도 하고
어린 시절 자주 들렀던 곳이라
고개를 저었지만 일행이 있어 오동도에 따라갔다
살아 있는 사람이 돌로 만든 비를 보며
숨이 끊어진 다음, 살아 있는 친구가 나무로 만들어
썩을 때까지만 기억하자고 웃었지만
나무로 만든 시비 앞에서 사진을 찍었다
휴게소에 들러 커피도 마셨다
젊은 새댁이 아이 둘을 데리고 온 모습이 하도 예뻐
동백 섞은 사탕을 쥐여줬는데
방파제에서 또 만났다
멀리 떨어지면 이야기하지 가까운 곳에서
엄마가 아이들에게 하는 말이 또렷이 들려왔다
이 사탕 누가 줬어? 저기 할아버지가 줬지?
(누가 그랬지? 죽은 뒤에도 귀는 듣는다고)
장조카가 애를 낳아 큰 녀석이 중학생이고
둘째 조카는 둘, 막내까지 결혼한 지 오래,
할아버지 소리 가끔 듣는 편인데 남한테 들으니 얄궂기
만 하다
반백 머리카락을 쓸어올리며
언제 어르신이 됐을까 마음은 아직 창창한데
바람은 어디에서 불어오나
물의 뿌리는 어느 깊이까지 파야 보이나

파도 높이 뛰고
동백꽃 소리 없이 진다

수분국민학교

공부한 기억이 없다
입학하던 날 교장 훈화가 길어 교실 바닥에 오줌을 쌌다
퇴비증산 상전비배 구호 아래 학교 밭에서 거름을 만들
었다
애향단을 조직해 깃발을 들고 줄을 서서
등하교를 하고 풀을 뽑고 돌을 쌓고 도랑을 치웠다
버스가 지나가면 절을 하면서 태워달라고 했다
안 태워주면 가로수에 철삿줄을 걸어놓고 산 위에서 돌
을 던지기도 했다
장날 어른이 신작로를 걸어가면 먼저 달려가 땡기벌집*
을 건드렸다
무덤가에 갈퀴 달린 문둥이가 나타나면 울면서 도망쳤다
귀신놀이한다면서 여자애들 치마폭을 뒤집었다
고무줄놀이를 하면 칼로 끊었다
복숭아를 따먹기 위해 산동까지 밤새 80리 길을 걸었다
늘 배가 고팠다
서리란 서리는 다 해봤다
보리밭 밟기나 못줄 잡기, 나락 줍기는 일도 아니었다
짐승들 먹이주기는 일도 아니었다
변소 청소 당번이 돌아오면 여선생 문을 강제로 열기도
했다
국도가에 코스모스를 심을 때는 한눈팔았다고
곡괭이 자루로 맞았다

036

맞는 만큼 고학년이 되었다

학교림 최우수 학교에 걸맞게 나무를 돌보고 벌한테 쏘이면서

뱀한테 물리면서 잡풀을 치고 두엄과 물을 날랐다

겨울이 오면 조개탄 난로를 피우기 위해 솔방울을 줍고 장작을 가지고 갔다

수업에 들어오는 교감을 위해 술을 받아오기도 했다

사이다 병에 소주를 받아오면 수업이 끝났다

대글라스에 술을 붓고 탁! 달걀을 깨 마시는 목울대를 침을 삼키며 바라봤다

산에서 내려오는 계곡은 때를 불리는 곳

잔돌로 손과 발을 문질렀다

볼이 땡사리 뱃구레처럼 붉게 텄다

급식으로 빵이 나오면 집에 가져와 식구와 나눠 먹는 아이도 있었다

국민교육헌장을 제일 먼저 외우고 교실을 빠져나온 수분국민학교

돈이 없어 수학여행을 못 간 수분국민학교

두꺼운 영한사전을 부상으로 받은 졸업식 날

담임에게 신탄진 두 갑을 선물한 아버지,

내가 공장 다닐 때 폐교한 수분국민학교

지금은 관람객 없는 금강 물 사랑 체험관으로 바뀌었다

술주정뱅이가 오줌을 누다가 한 방울은 북쪽으로 흐르고

한 방울은 남쪽으로 흘러 섬진강이 되었다는 수분국민학교
　　강운구 사진집에 나오는 물뿌렝이 마을 가장 좋은 곳에 자
리한 수분국민학교
　　한때 오와 열을 맞춰 운동회 연습을 하고
　　공을 차던 운동장이 이렇게 작을 줄이야
　　꼭 어머니 돌아가신 날처럼 우두커니 서 있는

* 땅에 집을 짓고 사는 벌을 전라도 사투리로 칭하는 말.

술

한식날 막내가 파묘할 때 내려와
술이 과했나보다
몇 번을 토한다
이튿날 정신이 든 동생이 사과 전화가 왔다
한창 술 먹을 때를 떠올리며 허허 웃었다

친구 중에는 술 속이 좋은 녀석이 있다

술에 취하면 노래를 하거나 춤을 춘다
정 안 되면 그림을 그리거나 문학 얘기를 한 끝에 잠을
잔다

하루는 그가 술에 취했다

서울에서 집이 있는 천안까지 기차를 탔다
잠 깨어보니 대전역이어서
천안까지 다시 끊었다
천안에서 내려야 하는데 평택까지 간 모양이다
한번은 전라선을 타고 논산에 내린 적이 있다

밤새 왔다갔다했다
내려보니 천안역 광장이 아니었다
찬바람만 사납게 불어왔다

한량

나는 무학에 가깝지만
재철이 양반은 구순에 이른 나이에도 농고를 졸업했다
국회의원 꽁무니를 따라다니다 작년에 숨을 거둔 세곤이
는 중고등학교 후배다
필체가 장난이 아니다
부역하는 날 퇴마를 물어보길래 삽자루를 옆에 끼고
귀신을 쫓는, 퇴마사는 귀신을 쫓아내는 사람이라고 알
은체를 했다
나중에 안 일이지만 퇴마가 아니라 테마였다
드라마를 보다 테마가 궁금했단다
흙 마당에 영어까지 써가며 친절하게 설명하자 술상부터
내왔다
그의 논에서 산짐승들을 물리치기 위해
철삿줄을 설치해주고 밥을 얻어먹기도 했다
노인 일자리를 하는 부인과 어르신들에게 간식을 사드리
기도 했다
술을 좋아해서 청탁을 안 가리는 한량 양반,
10년 이장을 봐서 마을 안팎을 훤하게 뚫는다
멀리 서울에서 보내주는 신문을 광고까지 꼼꼼하게 읽는다
향토사학자가 쓴 군지를 처음부터 끝까지 씹어 삼킨다
제사를 모신 다음날 아침 마을 사람 전부를 불러 음식을
나누고
괭이를 메고 꼿꼿하게 콩밭 이랑 쪽으로 걷는 젊은 사람,

몇 걸음 뒤에서
　망태를 업고 나무 지팡이를 짚고 따라가는 아내는 꼬부라
진 할매가 되었다
　송전탑 밑에서 앞산을 하염없이 바라보다 지치면 의자에
누워 잔다
　가는귀가 먹어 큰 소리로 말해야 알아듣지만
　다른 신체 기관은 멀쩡한 동네 제일 나이 많은 어른이다
　장날마다 구경을 핑계 삼아 양복 빼입고 단골 주막에 앉
아 있는 신사,
　이장이 화장실 약이라고 전해준 홍삼 드링크 병을
　진짜 삼이 들어간 건강 드링크라 착각해 마셔버렸다
　119를 부르고 도청 소재지 병원에서 위세척을 해 가까스
로 살아난
　재철이 양반이 염생이 먹이를 주러 걸어간다
　사위는 농협조합장에 당선되었고 장남은 산림조합장에서
미끄러진
　우리 동네 역사가 걸어간다
　도서관이 걸어간다
　귀신이 걸어간다

고향

아버지는 한문에 뛰어났다
어렸을 때부터 독선생을 모셔와 사서삼경을 익혔다고 한다

일본에 두 번씩 살았다
한 번은 짐승같이 보국대로 끌려갔고
한 번은 자기 발로(?) 걸어들어갔다
술 취하면 일본말로 노래를 불렀다

면사무소 호적계 친척이 어려운 한자를 물으러 왔을 정
도였다

큰형은 물 수 자를 썼으나 불하고 가까웠다
폐선 뜯는 기술자로 살다 죽었다
그의 속옷은 사철 용접 불똥으로 구멍이 숭숭 뚫렸다
아버지가 무서워 사춘기 나이에 도망갔다
작은형은 밝을 철 자를 썼으나 어둡게 살다 갔고
(현명하게 숨쉬기 바랐으나 어리석게 숨이 멎었고)
동생은 선비 관 자를 썼으나 자동차 부품 만드는 공장에서
젊음을 보냈다 공무원하고는 전혀 상관없는 작업을 했다
누나는 조금 맞았나,
일 업 자에 순할 순, 이를 갈며 순명하게 일을 했다
평생을 젖은 손으로 복무했다

고향은 수제비를 먹던 곳 뿌려놓은 듯
은하수가 흘러가고 별똥별들이 쏟아져내렸다
나는 맞혔을까, 속으로 울었다

임금 자리는 고사하고
여의주마저 입에 물지 못한 지 오래
이미 33년 전에 돌아가신 아버지한테 물어볼 수도 없고
애꿎은 술잔만 끌어안는다

조리사

두 시간 남짓
화로 속에서 바짝 고았다

잿빛 뼈가
회반죽으로 빚은 몽둥이 닮았다
구멍 숭숭 뚫렸다

살아평생
폐선 처리 작업반장이었던 큰형은
산소용접기 불똥에 속옷까지 구멍이 나 있었지

절구통 속으로 공이가 몇 번 드나들자
예순다섯 해 몸 지탱했던 기둥들이
시멘트 가루처럼 부드러워졌다

한때 가마 속 불꽃같았던 성정이
저렇게 순해졌구나
무너진 고향집 바람벽에
덧바르면 좋았을 텐데

나올 때만큼 숨이 죽어 발효가 시작된,
꼭, 그 속으로 들어간 먼지 한줌
눈물 한줌

큰형은
자신을 태워 세상을 밝힌 나무의 마음을 알고 갔을까

노련한 칼잡이는 흔적을 남기지 않는다

거머리

아침 일찍 모를 쪄보거나
캄캄할 때까지 심어본 사람은 안다
세 벌 김을 매거나 쟁기 써래질할 적에
피 빨려본 사람은 안다

요식행위지만
결혼 허락을 받으러 갔더니 집사람 직업을 묻는다
아이들을 가르친다고 솔직하게 대답했다 축하한다는 말
대신
거지 깡통 찰 놈이라고
마누라 피 빨아먹을 놈이라고 대놓고 큰소리친다
일당 4만 5천 원짜리 목수 시절이었다
차마 형을 한 방 먹일 수 없어 철제 옷장을 쳤더니 움푹
들어갔다 덕분에 손가락 뼈 두 개가 나갔다

세월이 많이 흘렀다
평소 건강하던 아내, 창작실에 있다가 집에 들르면 비염
이 도진다
옛날 애 낳을 무렵, 아팠던 허리 병이 깨어난다
겨울에도 덥다고 부채질하다 금방 춥다고 이불을 뒤집어
쓴다
땀이 나서 찝찝하다고 호소한다
불쑥 화를 낸다 언제까지 들어줘야 되나

어깨가 아프다고 드라이버 대가리로 문질러달라고 한다
갱년기가 와서 여러 번 서울 병원엘 다녀왔다
씹다 버린 껌처럼 찰싹 달라붙은 남편에게
집먼지진드기보다 더하다고 코를 푼다
딸아이 어렸을 때 가습기 잘못 틀어 생긴 병이라 해도
막무가내다 아이가 어른이 된 지금까지 비염을 달고 산다

어쩌다 벌레가 되었나

철이 없어 사철 반바지에 술 취하면 개보다 못하고
학교를 제대로 다녀본 적이 있나
나이가 젊기를 해 성질이 좋기를 해
호적에 뻘건 줄 칠한 건 어떻고 그 몰골에
할말 못할 말 가리지 않는다
어쩌다 벌레가 되었나

요강단지로 꽈리를 불든 말든
알밤 가시로 밑을 닦든 말든
전봇대로 이빨을 쑤시든 말든
정신을 차려보니 골이 텅 빈 채,
아무것도 이룬 거 없이 늙어버렸다

한 마리 벌레가 되고 말았다

선풍기

지천명 문턱을 간신히 빠져나온
늦여름 새벽은
툴툴거리다가 지쳐 떨어지고

치열했던 열정은 식어
이 빠지고 머리칼 성글고 눈 흐려진 지 오래
처진 가슴 위에 먼지만 쌓이는구나

닦아내면 상처 자리 빗살무늬 선명한데
여기저기 닦고 조이고 기름칠하고 철사로 동여맨
검푸른 한 생애
주름살 파도 넓게 퍼져나간다

장좌불와 20여 년,
아내만큼이나 낡은 몸이 되어
부품 교체하고 수술 자국은 아물어
덜컹거리면서 돌아가는구나
입술에 묻은 밥알도 무겁다는 삼복더위
죽부인이 따로 없구나

날개는 철망에 갇혀 있을 때 더 많은 자유를 원하지
아내는 흰머리를 뽑아 일기장 위에 쌓아놓고 출근을 했다
세월은 방학도 없나보다

이제 마지막 더위
갱년기와 싸울 일만 남았다
무슨 힘으로 저 철망을 뚫고 날아갈까
허연 수의 입고 독방에 갇혀버린
날개이자 감옥인 울울창창 내 청춘

—　**늦둥이**

—　송산가든 한수 양반 부인은
　　나와 동생이 안 닮았단다

　　아버지 쉰다섯에 낳았던 아이
　　국민학교 4학년 때 옴팡집에 돌아왔더니
　　피비린내 자욱한 곳에서 쌕쌕 잠을 자던 아이
　　텃밭 공짜로 팔았다고 마을 어른들께 지청구 듣게 했던
　　아이
　　큰조카와 한 살 터울인 아이
　　동냥젖을 먹은 아이
　　미음으로 큰 아이
　　한겨울 나무할 때면 동네 아줌마에게 맡겨놓았던 아이
　　쇠죽을 끓이면 등뒤에서 얌전하게 오줌을 싸던 아이
　　얼음 도랑에 빠진 아이
　　내가 공장 다닐 때 고향에 오면 영어 못한다고 뺨 맞은
　　아이
　　단 한 번, 작은형이 군대 휴가 나와 찍은 사진 속의 아이
　　셋째 반만 따라가라고 귀에 딱지가 낀 아이

　　아는 사람한테 주례 서달라고 사정한 아이
　　수도권에 살며 34평 아파트를 마련한 아이
　　국산 자동차를 15년째 모는 아이
　　꽃 같은 각시와 원 스트라이크 원 볼 황금비율로 애 낳
—

은 아이
  결혼하고 여태까지 한 회사를 다니는 아이
  우리 형제 중에 유일하게 고등학교까지 나온 아이
  시키면 뭐든지 하는 아이
  나보다 덩치가 큰 아이

  아버지를 닮아 어머니를 닮은 셋째와는
  이복형제가 될 뻔했던 아이

시골 쥐

딸아이는 변두리에 산다

아이는 광고를 전공했는데
(인 서울 할 때 얼마나 박수를 쳤나)
그동안 수십 차례 알바를 돌았다
별명이 북한 어린이인 아이는 손목 힘이 없어서
삼겹살집이나 곱돌 비빔밥 식당에는 취직할 수 없다
커피 전문점 비싼 주전자를 깨
보름 동안이나 무료 봉사한 적이 있다

수학을 제일 못하는데 학원 수학 선생을 하지 않나
최근 사우나 알바를 할 때는
수건과 가운을 나눠주는 일이 주업무였다
주인은 아이가 마음에 들었나보다
잘하면 다음달부터 정식 직원으로 채용한다고
4대 보험은 물론 월급까지 두 배로 올려준다고

삼포를 넘어 칠포 세대인 아이,
인턴을 다닌다
인턴을 위해 인턴을 다닌다
하루 1시간 15분씩 전철을 타고 인턴을 다닌다

아빠 얼굴을 꼭 닮은 아이

술을 맛나게 먹는 아이
성질까지 같아서 무조건 울고 난리를 치는 아이
엄마는 무서워 말도 못 꺼내는 아이

밀리고 밀리고 밀려서 변두리에 사는 아이
아이 방은 냉골이다
몇 겹을 덮어도 냉골이다

서울은 왜 이렇게 추운 겨
아이와 나는 애꿎은 소주병만 찾았다

3부

힘들 때만 쓴다

—

—

—

노루

승재씨는 술을 자주 마셨다
평생을 지하에서 일한 보일러공 출신이다
결혼도 안 했다
(결혼도 못했다)
늘 혼자였다
도시 아파트 지하실에서 젊은 날을 보낸 동생이 안쓰러워
형은 우리 동네에 전원주택을 구했다
승재씨도 퇴직금 반을 보탰다
지하 생활에 익숙한 그는 골방에 박혀 소주를 마셨다
그러지 말고 동네 사람들이랑 어울리라고 했다
버스 시간도 알아보고 장날 한 바퀴 돌아보고 사람들과
말도 섞고
소주를 먹어도 밝은 날 햇볕 아래에서 마시라고 꼬드겼다
승재씨가 기지개를 켜고 지하에서 돌아오길 석 달여
마을 사람들은 쌍수를 들고 환호했다
지상의 삶을 축하했다
이른 시간에 계곡 취수원까지 올라오지 말았어야 했다
세월이 흐른 다음 청소를 해도 나무랄 사람 아무도 없는데
그는 작은 곡괭이를 들고 왔다
그게 끝이었다 심장마비로 생을 접었다
처음으로 갈비뼈가 부러지도록 응급구조를 펼치고
남자와 강렬한 입맞춤을 경험했다
아까운 나이였다

파출소에 사망신고를 접수하고 가까운 거리에서
시신을 목격한 사람으로 도장을 찍었다
장례식장에서 부조를 하면서 조금 슬펐다
그는 바람 따라 떠올랐다
지상 하늘로 두둥실 떠올랐다
하늘 맑은 날이었다

단부*

성택이 형은
김의현, 김종상, 박한두, 고환웅, 유호연과 동창인데
어쩐 일로 불알친구하고는 안 어울리고
동네 조무래기들이나 여자애들과 가까웠다
골목대장인 성택이형 따라
재 너머 사암리가 보이는 곳까지 나무하러 갔다
도시에서 이사 온 나는 기를 쓰고
조무래기 뒤를 쫓아다녔는데 모든 게 서툴렀다
검부적 두어 동이를 했나
성택이 형은 야물게 나무 한 짐을 지고
나보다 큰 나무 동이를 인 여자애들과 재를 넘는데
서두르다 나뭇짐이 뻐그러져 울고 말았다
꼴 베는 일도
풀 깎는 일도
소 뜯기는 일도 어설픈 내게
마빡에 피도 안 마른 것이 벌써 연애질이여
쌍코피 쏟게 했던 형
새벽 농사를 짓던 형
밥을 먹고 일어나면 논을 치고 밭을 갈았다
놉을 얻으면 누구보다 일 많이 한 형
친구들 몇은 공장으로 떠나고
읍내 잠업고등학교로 진학한 후배들이 자전거를 타고
사태 모랭이를 돌아가는 모습을 멀거니 쳐다보았다

호연이는 행방불명
농협 다니던 의현이는 결혼 첫날밤 신부와 함께 죽고
도시에서 택시 하는 한두와
화물차 기사인 환웅이는 얼굴 보기 어렵고
조합 전무로 퇴직한 종상이만 가끔 보는데
성택이 형은 일찍 새질재 너머로 갔다
나무하러 갔나 품앗이로 풀 베러 갔나 놉을 얻으러 갔나
같이 늙어 옛말하면서 술 마시고 싶은 성택이 형

* 단비의 전라도 사투리.

고욤나무

그는 공사 요금계에서 30년 가까이 근무를 했다
회사에서는 원격제어를 개발해놓고도 마을 구석구석 안
다닌 데가 없다
새끼들 돈 들어갈 곳 많지만 정년이 얼마 안 남았다
모래와 논바닥 흙이 눈과 얼음만큼이나 위험하다는 것을
잘 알았지만
너무 늦었다
머리에 헬멧을 쓰지 않았다면 큰일날 뻔했다
다리와 가슴이 엉망이 됐고 뼈가 많이 부러졌다
길은 사납고 죽음은 부드럽기 한이 없다
젊을 때에는 연청에 가입하고 밤새 술잔을 기울였다
하우스를 짓고 뜸부기와 꿩도 기른 적 있고 자생 난에 취
미가 많다
학습지로 떼돈을 벌 때는 어둑한 술집에 자주 가기도 했다
그가 청을 넣어 취직시켜준 고향 후배가 여럿 직장에 다
니고 있다
정년 연장으로 2년 더 근무하게 된 친구
시간 나면 오미자밭에 올라와 꼼지락거린다
집에 가면 술병과 효소를 담은 항아리가 넘쳐난다
돌 나를 때 풀 칠 때 거름을 옮길 때 나를 공짜로 부린다
근력 좋다고 쓴다
힘들 때만 쓴다
여학생이랑 전기놀이 할 때나 수건돌리기를 하면 작은방

을 내놓은 녀석

소장수를 하던 아버지를 둬 두꺼운 마루를 가지고 있던
녀석

마을에서 논과 밭을 가장 많이 소유한 녀석

하수오 속에 심은 더덕 도둑을 어떻게 잡나

컨테이너에 CCTV를 달아놓고

틈만 나면 컴퓨터를 켜고 건강에 관한 발효 연구를 한다

깨복쟁이들 중에 주름이 제일 많은 녀석

102세 시어미는 멀쩡하게 살아 있고 82세 장모가 먼저 세
상을 버린

박사마을 출신 아내가 요양병원에 근무하는

물리치료사인 딸이 머리를 감겨주고 등을 긁어주는

제대한 뒤 복학한 아들이 아빠 더이상 늙으면 안 된다고

얼굴에 팩을 붙여주는, 국민학교 동창 기석이

병원 밥보다 담배를 살뜰하게 챙기는 친구

어떤 일이 생겨도 담배는 피워야지

휠체어를 밀어달라며 추운 겨울 의료원 등나무 밑으로 향
한다

멧돼지

겉은 짐승이지만 속은 인간이다
사과 농사에 토마토 비닐하우스까지
뜨거운 나라에서 온 사람들 다섯을 써 사장 소리를 듣는다
어렸을 때부터 풀을 베거나 지게를 져본 적이 없었다
부자는 망해도 3년은 간다는데
술과 여자로 그 많은 재산 탕진하고
빚이 늘어 신용불량자가 되더니만
국도 확장 공사로 보상을 받아 빚을 갚고 옛집을 고친다
걱정이 저리 가라 할 정도로 큰 녀석이 새참을 먹는 자리
에서 말을 건다
스승? 내게 스승은 오늘 같은 현장이여
나를 노동 시인이라 소개하는 녀석은 한때 문학청년이었다
하도 술빚이 많아 할아버지가 산을 팔아 갚아준 녀석
읍내 매미집에서 새로 아가씨가 오면 마담이 부러 전화
해주던 녀석
할아버지한테 세배드렸다고 새해 첫날부터 비싼 술 사
던 녀석
나 군대 끌려가기 전, 대천해수욕장으로 여행시켜준 녀석
3박 4일 예정이었지만 비키니 입은 여자에게 홀려
하룻밤 만에 끝내고 거지꼴로 차비를 꾼 녀석
마을 앞, 할아버지 무덤을 알려주던 녀석
학교 다닐 때는 얼마나 빨랐던지 집에 오면 아무것도 남
지 않았던 녀석

체육을 잘했던 녀석

군에서 보조해주는 돈으로 늦게 국립대학을 다닌 녀석

군수나 국회의원 한번 못해보고 연락사무소장으로 끝낸
녀석

군의원을 선배로 둔 녀석

담배를 끊지 못하는 녀석

술을 꺾지 않고 밥을 빨리 먹는 녀석

체 내리려 가리늦게 한의사를 찾는 녀석

시골 슈퍼 딸을 꼬드겨 아내로 삼은 녀석

삼대독자란 말이 무색하게 아들만 셋을 둔 녀석

80이 넘은 아버지와 옛날 집에서 소주를 마신다

서울 화장실에서 떼돈을 번 아버지와 술을 마신다

젊었을 적, 춤바람이 났던 아버지와 참을 먹는다

음주운전으로 사고를 낸 아버지와 자동차 얘기를 하며 웃
는다

꼭 필요하면 전화를 하는 녀석

필요하지 않으면 절대 전화하지 않는 녀석

라오스 친구가 올무를 놓아 잡은 멧돼지 갈비를 친척이
라 먹지 못하는

수분국민학교 13회 동창인 그 녀석

푸른 집 푸른 알
—고산병 연구

병준이는 군청에서 중매를 서
베트남 처녀와 두 번 결혼했다
한 번은 고등학교까지 나온 재원에다가 예쁘기도 해서
모두들 부러워했는데 애 낳기 전 야반도주했다
두번째는 나이가 좀 먹은 2% 부족한 사람이었다
슬하에 딸 둘을 낳았는데 똑똑하기가 이루 말할 수 없다
학교와 유치원에서 성적이 둘째가라면 서러울 지경이다
노하리 복지관에 가면 주민증 보자고 안 혀
돈 떨어지면 가끔 간다니께
애들헌티 할아버지가 데리러 왔다고 하면 쪼르르 달려나와
우리 아빠가 세상에서 제일 귀엽다며 머리를 쓰다듬는다
니께
문제는 각시와 20년이 넘게 나는 나이 차
거시기가 안 선단다
보건소에 얘기해서 비아그라 처방 받아봐
안 그래봐까디 얼굴만 뻘그래지지 그게 안 선단 말이여
탄저병이 걸렸나 웃거름 아랫거름 모다 줘도 안 된단 말
이여
저번에는 부러 읍내 로또방에서 놀다 늦게 집에 갔단 말
이여
아 방에 불이 환하게 켜 있지 않남
트럭 시동을 끄고 한참 지둘였지
안방 불이 꺼진 다음 슬며시 들어가 잤다니께

064

내 이마가 왜 넓은지 알아?

원래 머리카락이 듬성듬성 있었는디 마누라가 다 뽑았단 말이여

우리 애기 우리 애기 하면서 달려들어봐

얼마나 무서운지 마누라는 애를 대여섯 명 낳아준디야

국가로 봐서는 애국자가 따로 없어

애들 시집보낼 때까지는 살어야 될 틴디 흐유

이번 달 군청에서 보조받아 처가에 다녀온다며

그래도 2천 달러는 있어야 되는디 뒷목을 긁적긁적

너 있잖여 우리 둘만 있을 때는 말을 까도 상관없는디

여러 사람 있는 디서는 말 올리라고

기름장어

　문기 형님은 먼저 뼈가 무너진 큰형 동창이다 삼동에 맨
처음으로 하얀 구두에 흰 나팔바지를 입고 와 우리 꼬마들
을 놀라게 했다 어려서부터 술맛, 춤맛, 돈맛, 여자 맛, 화투
맛, 꽤나 밝혔다 일찍이 마누라는 도망가고 하사관으로 복
무하는 아들은 멀리 있다 형님은 노인 일자리 창출 때 국도
변 풀을 안 뜯고 자동차 천천히 가라고 경광등을 든다 땀 흘
려서 밥을 번 적이 드물다는 평을 받고 살았다 동네에서 거
간꾼으로 소문이 널리 났다 만나면 너 자꾸 왜 그러냐 국회
의원이라도 출마할래 쪽팔리게 국회의원이 뭐유 대통령이
믄 모를까 그려 이참에 서너 표는 착실허게 흡수했구먼 형
님과 어리보기는 통쾌하게 음료수를 마셨다 그런 형님이 늙
마에 큰 사고가 났다 상대 운전수는 멀쩡했지만 형님은 갈
비가 나가고 뼈가 폐와 간을 찔러 큰 병원에서 수술까지 받
았다 문제는 경찰서에서 백기를 내리고 사고 조사를 나왔는
데 아 오토바이도 짜가였고 번호판도 어디서 훔쳐왔다나 보
험도 들지 않고 무면허도 들통났다 다친 것도 서러운데 벌
금이 무지하게 나오게 생겼다 그래서 오토바이 출고할 때
또 과부 하나 나간다는 말이 나왔구만 그나저나 읍내 술집
다방 모다 굶어 죽었구먼 불우이웃돕기 성금을 내야 혀 말
아야 혀 사랑의 열매 온도를 올려야 혀 내려야 혀 그렇게 빨
빨거리고 돌아다니드만 문병을 가야 하나 말아야 하나 퇴원
하면 고깃국이나 사주지 뭘 그려 뼈나 잘 붙게 말이여

동행

   장날 병준이가 고물 트럭을 몰고 바구리봉 집에 올라가다
가 꼬부랑 할매 혼자 걸어가는 모습을 보고 태워드렸것다

   —할머이 어디 가요?
   —개정리 가요, 개정리
   —할아부지는요? 할아부지 함자가……
   —할아부지? 콩 팔러 갔는지, 깨 팔러 갔는지, 여태 안 돌
아오요.
   —꽤 팔고 있는 것 같은디…… 혹시 놉 얻어 딴살림 차린
것은 아니지라우? 어떻게 되시는디?
   —아매 살아 있으면 일흔여섯인가, 일곱인가…… 아자씨
또래는 됐을 것이오.

   서른다섯 베트남 처녀에게 늦장가를 든 병준이는
   올해 쉰여섯, 돼지띠다

고래

웃다리골 순길이가
이장댁 외양간 거름 푸러 내려왔다

소박한 술상 위에
호두 여러 알을 꺼내놓는다
수줍은 눈꼬리에 호두알처럼 주름이 엉겼다

—고래 고기 먹을 줄 알어?
—알어
—가을일 끝나면 고래 잡으러 가야지
—어디로?
—뒷산으로
—산에서 고래가 잡히나?
—많이 잡히지
—어떻게 잡어?
—올무로
—얼마나?
—작년에는 다섯 마리나 잡었어
—히야······
—한 마리 줄 팅게 삶아 먹어볼려?

그날 밤 나는
거대한 고래가 산속을 헤엄치다

올무에 걸려 발버둥치는 꿈을 꾸었다

순한 눈을 떠올리면 순길이도
고래도 고라니도 한 핏줄 아니었을까

깊어서
더이상 깊을 수 없을 정도로 깊어지면
파도는 바다와 육지의 경계를 허문다

깊은 산속에 들어가면 바다 냄새가 난다
고래는 어디에 숨어 잠을 자는지
상수리나무에 붙어사는 무수한 고래 새끼들, 번쩍이며
숲을 물들인다

세상 모든 나뭇잎은 척추마다
고래의 숨비소리를 감추고 산다

머나먼 항해

시 빼놓고는 성한 곳이 한 군데도 없는 영근이 형이 결국 의식불명으로 중환자실에 입원했다는 소식을 듣고 상추 씨를 뿌렸다

병원비가 무서워서(그것보다는 병원은 아예 관심 밖이었을 거라) 병원 문턱 한번 제대로 밟아본 적 없는 시인들의 생활에 대해 화를 낼 수도 없어 땅을 파고 쑥갓 씨를 뿌렸다

한때 「취업 공고판 앞에서」와 「대열」 「김미순전(傳)」을 못 주머니처럼 옆에 끼고 다니면서 바닥과 가난과 노동과 나누는 삶에 대해 울고 웃으면서 밤늦도록 눈 밝힌 적 많았다 시 앞에 부끄러움이 없으려면 이 정돈 되어야지, 핏발 선 눈동자로 아침 맞은 적 많았다

밤새 비가 내리고 이튿날은 달무리가 졌다 여름 들머리 초록 이파리들 바람에 살랑거린다 어제 내린 빗방울들 땅속 깊이 젖어들어 순하게 다시 태어나겠다

사흘 지나 또 연 이틀 밤낮 끊어질 듯 이어질 듯 흐르고 흘렀던 술자리와 술자리보다 더 멀리 번져나간 영근이 형 노래 자락이 산새 소리와 섞여 자욱이 숲속으로 스며들었다 그늘까지 환하게 물들여갔다

꽃이 지고 달도 지고 별도 사라진 늦은 밤부터 새벽까지 ⎯
시도 때도 없이 타전한 부호는 구조 요청이었던 것을, 망망
대해에서 표류한 형이 보내는 물 떨어지고 쌀 떨어졌다는,
그리운 벗들 보고 싶다는, 등대가 보이지 않는다는 마지막
구조 요청이었던 것을

　술값 떨어진 줄로만, 택시비 떨어진 줄로만 착각하고 귀
찮아했던 밴댕이 소갈딱지 가슴을 치면서 호박을 심었다,
입술을 깨물면서 가지를 심었다, 차갑게 식은 땅을 열고 매
운 고추모종을 심었다

제삿날

환갑을 바라보는 중늙은이와 지천명을 앞둔 반백의 사내
가 정답게 마주앉아 전을 부치고 꼬치를 꿰고 나물을 무치
고 탕을 끓인다

밖은 황사 뿌옇고 산벚꽃은 바람에 흩날리고

글쎄 명철이 양반 방앗간에서 그 잘난 쌀 방아를 찧는데
우리는 양이 너무 적어 이쪽에서 저쪽으로 넘어가는 시간
이 얼마나 짧은지……, 받아서 뛰어오면 또 어느새 비어 있
고……, 발동기는 기차 화통처럼 돌아가지요, 아부지는 빨
리 안 받아온다고 통방울눈 부라리지요……, 보다못한 명
철이 양반이 아, 유새완, 어린 딸이 무슨 죄가 있다고……

조기는 찌고 고기는 양념장에 재워두고

누나만 그랬간? 누나가 품앗이로 기석이네 밭 매러 갔을
때 나는 안다랭이 완수 할아버지 무덤 뒤 감자밭 일구는 데
따라간 적이 있었거든 푸나무를 베어 불을 놓고 나무뿌리를
캐어내고 고랑을 만드는데……, 그러니까 국민학교 들어가
기 전이었으니까 고작해야……, 잔돌 골라내는 정도……,
한 두어 고랑 만들고 아부지가 쉬어, 참 아부지처럼 맛나게
담배 잡숫는 분이 없었지 병아리 새끼처럼 아부지 옆에 슬
그머니 앉으면 불같이 일어나서 담뱃불을 내던지는 거여 어

린것이……, 싸가지 없이, 어른 쉬면 꼭 따라 쉰다고……, 어쩌나 매몰차던지…… 지금 생각하면 자기 스스로에게 화를 낸 것 같지만……

아이와 아내가 학교에서 돌아오고 멀리 수원에서 동생 내외와 조카가 내려오고 불을 밝힌다 술 그득 따라 올린다 이게 다 무슨 소용이여, 살아 계실 때 따뜻한 밥이라도……, 그예 누님은 한쪽 눈두덩이를 훔치고……

그해 쌀 몇 가마니에 나를 장계 북동 어떤 남자한테 팔았는디 그 남자 나이를 속인 거여 알고 보니 서른일곱, 스무 살이 넘게 차이가 나는 겨 밤마다 부엌칼을 이불 속에 숨겨두고 잤제 벗은 남자 몸이 얼마나 징그럽던지 밤새 오들오들 떨면서 잠도 못 자고 도망갈 궁리만 했당게 반찬 산다고 속이고 장판 밑에다 몰래 돈을 모은 겨 첫눈이 내릴려고 그랬나 하늘이 어둑어둑해질 무렵 대전행 막차를 무조건 타버렸지 옷 보따리 하나 달랑 들고 신발 벗어지는 줄 모르고 뛴 생각을 하면…… 흐이구, 벌써 40년 세월이 흘러가버렸구먼 어이, 동상, 음복혀

슬픔에 대하여

지리산 종주를 하다 만난 안종관 선생께서 말씀하셨다 채
쉰을 못 채우고 돌아가신 시인 윤중호 형수가 마포 합정동
부근에다 식당을 냈다고 한번 갈아주러 가자고 한다 비빔밥
전문점, 그간의 사정을 알고도 남겠다 언제 서울 올라가면
한번 가보자, 소주 서너 잔에 볼그족족 말씀하셨다 합정동
은 돌아가시기 전까지 중호 형 편집 사무실이 있던 곳이다

처가에 가서 공부에 잘 적응하지 못하는 아이 사정을 말
하고 밥 먹으러 갔다 화평동 냉면집에서 돼지갈비와 왕냉
면을 먹었다 불현듯 아내가 끼고 있던 반지를 장모님께 자
랑했다 부부의 날 기념으로 이이가 선물한 것이라고⋯⋯,
모두들 부러워하는 눈치다 사실, 그 반지는 친구가 술김에
사서 선물한 것이었다 아내의 자존심을 생각하자 육수처
럼 끓었다

외국인 결혼 이주자들에게 한글을 가르친 지 두어 달이
됐다 하루는 집으로 전화가 왔다 서투른 한국말이었다 선
생님, 저, 무까리예요 저, 화원을 열었어요 꽃집이라는 말
은 아주 멀리에 있었다 무까리 친정어머니가 이역만리 고향
에 있듯, 부영아파트 앞, 부영화원이에요 개업인데, 전화할
곳이 선생님밖에 없어서⋯⋯, 뒷산 숲속에서 소쩍새가 섧
게 울었다 나는 결국 개업식에 가지 못했다 먼 남쪽 바닷가
대안학교에 다니는 딸아이를 데리러 가려던 참이었다 무까

리……, 부영화원……, 그리고 봄꽃 피었다 지는 5월

취생몽사

한 3백 년은 너끈히 지나갔을라

저 광활한 먼지 속으로 흩어져버린
중호 형님 모시고 마포나루 후미진 뒷골목
한쪽 어깨 기울어진 함바집에 들렀을 때다

마침 일필휘지,
마른 붓 휘둘러 새경을 받은 친구가
앉은뱅이 냉장고를 기웃대다
육덕 푸짐한 주모한테 한 방 맞았다

—썩을려러느 것들, 뭔 안주를 찾았싸!
주는 대로 처먹을 것이지……

시퍼런 마음속 구만리 장천 파도를 숨기고도
친구는 허허 웃었고

라면에 소주와 탁배기 잔 어지러운 공사장 인부들
똥내 풍기는 이쑤시개 던지고 떠난 탁자에서
또 우리는 갈 데 없는 천것들이었다
전생, 후생 모두 합쳐 뿌리 없는 떠돌이였다

생전, 명천께서는 족보 없는 술 멀리하라 그리 당부했지만

무정할 손 세월이었다

입적한 지 3천 년도 넘은 중호 형님
사리 모신 부도탑에 이끼 깊어 산새 소리 그윽한데
하늘 가득
목젖이 보이도록 크게 웃으며 단숨에 잔을 뒤집는다

—콧구멍 한 번 더 벌썽대야지

마포나루 붉은 노을 한 짐 걸머지고
서쪽으로, 서쪽으로
날아가는……

흙비
—소설가 김지우 영전에

2007년 3월 26일 오전 늦게까지 안개 자욱하더니, 안개 걷히고 햇볕 드는가 싶더니, 마른하늘에 천둥 울고 순식간에 캄캄해지더니, 장대비 쏟아졌다 빗방울은 우박보다 더 큰 소리를 내며 사정없이 따귀를 올려붙인다 얼얼하다 징게 맹게* 외엣미들 바늘 끝 보리 물마루, 넘실대는 파도 위를 맨발로 달려가는 피 묻은 발, 뒤꿈치가 보인다 동진강, 만경강 지나 서해 넘실대는 잿빛 파도의 피 묻은 발, 뒤꿈치가 보인다 핏방울이 저렇게 누우렇다니! 채 봉우리 열기도 전에 떨어졌구나 자목련이여, 비 그치자 지상은 황사 뿌옇고 황토 언덕 아래 마늘밭 푸르러 푸르러 논두렁 태우는 연기 멀리멀리 퍼져나간다

네가 선배 되었으니 선배라는 말, 다시는 듣지 못하겠구나

* 김제 만경평야.

4부
거기까지 갔다 왔다

흉터

빵공장에서 도너츠를 튀길 때
펄펄 끓는 기름 솥 안으로 투신해 통닭이 될 뻔했다
그때 흉터가 배에 남아 있다

군대를 불명예 제대하고 일식집 주방에서 매운탕을 끓
일 때
신문사 문화센터에서 시를 배웠다
나를 아껴주던 선배가 한마디 했다
시 쓸 생각 말고 일식집에서 호텔 주방장으로 시간이 흐
르면
나중에 식당을 차려 크게 성공할 거라고 속삭였다

밑바닥을 보고 자랐다
한식, 일식, 중식, 양식……
돈보다 예술가로 살고 싶었다 주방에서 칼을 들 때마다
왼손가락에 무수한 상처가 났다

살아남으려고 발버둥을 쳤지만 작품과 성공은 안 오고
결국 삶을 끝내는 게 나을 것 같아서
팔뚝을 그었다가 한나절 뒤에 깨어난 적도 있다
아버지가 약을 먹고 저세상으로 간 후배를 돕느라
경운기 앞대가리를 들기도 했다
농사는 만만한 게 없었다

살이 탔다

  화상을 당할 때도 발톱을 뺄 때도 뇌출혈로 쓰러질 때도
항문 수술을 할 때도
  교통사고가 날 때도 네가 시인이면 내가 소설가겠다는 경
찰의 말을 들을 때에도
  교도소에 갇힐 때에도 목숨을 끊을 때에도 시를 생각했다

  서투른 시절, 유명한 화가 면전에서
  정 · 반 · 합을 애기했다가 혼쭐이 났다
  무식한 놈이 철학을 말하다니……
  환갑을 바라보는 나이에 이르러
  아직 섭섭한 감정을 품고 있는 걸 보니
  큰사람 되기는 애당초 글렀나보다
  나는 블랙리스트가 되었다

수용소

얼차려 중에 가장 참기 힘든 것이 추위였다

겨울 양평은 혹독했다
차라리 매를 맞는 게 낫지
내무반장은 나체로 연병장에 모이라고 했다

빗자루로 찬물을 톡톡 뿌렸다
시간이 지나면 물방울은 얼음으로 변했다
그렇게 세월이 흘렀다
(내 주특기는 소총수였다
코너링이 좋은 것도 아니고
요철을 부드럽게 넘어가는 것도 아니고
이름이 남보다 좋은 것은 더더욱 아니어서)

팬티바람을 하는 날 밤이면
오래도록 잠을 이루지 못했다
이가 덜덜 떨렸기 때문이다

* 이 작품에는 현직 경찰의 발언이 조금 들어 있습니다.

아더매치

의사는 복합적이니 까다롭다고 했다
근 40년을 묵었다

작품은 내가 쓰는데 간호사가 시인이다
환자는 살이 찰져서 혈관 찾기가 어렵네요
몇 번을 찌른다
주사기가 들어가면 살이 꽉 잡고 놔주질 않는다
(나도 그대를 잡고 안 놔주고 싶다)
마취가 잘 안 되는 체질이란다
생발톱을 뺄 때도 마취를 못하고 꿰맸다
치질, 치루, 치핵을 주렁주렁 달고 수술을 했다
발톱 빠질 때를 열이라 한다면 이번에는 백이다
일을 볼 때마다 밑에서 면도칼이 쏟아졌다
울었다
더운 병실인데도 추웠다

오랫동안 피가 나왔다
더러운 성질은 덤이었다

이것이 인간인가

기간병은 탄약고와 위병소 근무자만 빼고
훈련병은 내무반장과 함께 모두 취사장으로 밀어넣었다
공수교육대도 올라왔다

까만 갑바로 커튼을 만들어
유리창과 배식구를 막았다

정윤희 젖가슴이 나오는 어설픈
성인영화를 틀어주었다
〈뜸부기는 밤에 우는가〉라는 제목이었다

전두환이 헬기를 타고 한미 연합 사격 시범 훈련을 보러
왔다
대부분 훈련병들은 침을 흘리며 잠이 들고
깨어 있는 사람들은 직속상관 이름을 외웠다
최세창, 박준병, 이종구……

배고픔과 배설에 대한 욕구는
전두환 일당이 떠날 때까지 참아야 했다
(푸세식 변소에서 건빵을 몰래 먹어본 사람은 맛이 여전
하다고 웃지 못한다
참호에서 훔쳐온 라면을 반합에다 먹어본 사람은 안다)
이웅평이가 미그기를 몰고 내려올 때는 완전 군장에 실

탄을 지급했다
  후임이 서울 가는 철도 난간에서 자살할 때는
  (그는 서울대 미대를 다니다 온 화가 지망생이었다)
  뻔질나게 헌병들이 드나들었다

  취사장은 사격장 바로 옆에 있었다
  지금도 가끔 텔레비전에 나오는

신분 사회

평소에 돼지로 살다가
술에 취하면 개새끼였다
평생을 머슴으로 살았다
평생을 종으로 살았다
한 번도 양반이었던 적이 없었다

늦가을 홀로 반바지 입고 팔공산을 내려오는데
식천리 청년 회원 여섯 명이 버섯 따러 올라와 깜짝 놀
란다

―안 무섭소?
―뭐가 무서운가요?
―짐승이 무섭지, 뭐가 무섭겠소
―멧돼지들이 만나면 아재 아재 부르는데……

산짐승보다 사람이 무서웠다
사람이 짐승보다 무서웠다

엊그제 새벽에는 나 닮은 무리가
옥수수밭을 박살내고 돌아갔다
내년부터 산짐승이 좋아하지 않는
나무를 심어야겠다

마을 주민들은 망을 두르거나
민원을 넣어 전기가 흐르는 선을 설치하라고 한다
나는 그만두었다
고라니나 멧돼지보다 사람이 훨씬 더 위험하다

담배와 술을 끊었다
돈을 끊었다
인간관계를 끊었다

비로소 숨통이 트인다
비로소 사람이 짐승으로 보인다

당신의 참말
—노무현 대통령 추모시

　비가 그치고 써레질 끝낸 논바닥에 찰람찰람 물이 들어찼
습니다. 찔레꽃 피고 오동꽃 떨어지자 곧 모내기가 시작되
었어요. 오와 열을 맞춘 어린모들이 흔들리며 뿌리를 내립
니다. 그 층층 다랭이 호수 속에는 나무와 풀 그림자가 들
어 있고 해와 달과 산과 구름이 한껏 돛폭 부풀려 서쪽 바
다를 향해 항해를 하고 있군요. 해오라기 한 쌍 노을에 되
비친 자기 모습을 보며 묵언정진에 들어갔으며 바람은 삽
을 씻고 돌아가는 늙은 농부의 주름살 계곡으로 쉼 없이 불
어갑니다. 흙 묻은 장화를 털고 담배를 빼어 문 황톳빛 얼굴
에는 땅을 탓하지 않고 평생 삶을 경작해온 흥그러운 마음
이 들어 있습니다. 많이 굶고 살아온 사람만이 가질 수 있는
밥그릇에 대한 경건한 기도가 들어 있습니다. 무엇보다 서
럽고 가난하고 힘없는 사람들 편에 서려 했던 당신의 마음
이 들어 있습니다. 당신은 누구보다, 한 그릇 밥 앞에 눈물
흘려본 사람이기에, 밥이야말로 얼마나 치사하고 위대한 참
말이라는 것을 알고 있는 사람이기에, 어둠 속에서도 거짓
말할 줄 몰랐던, 진실한 말은 오히려 서툴다는 것을 온몸으
로 보여준 당신이기에, 어떤 바닥이든 가리지 않고 완벽한
수평을 유지하려는 물의 평등한 말씀을 떠올려보았습니다.

　당신은 참 말을 못하는 사람이었지요. 왜냐하면 참말만
골라 했기 때문이지요. 당신의 말을 이해하지 못한 사람들
은 좋은 학교 나온 별 볼 일 있는 사람들이었거든요. 바보라

는 별명, 그거 '바로 보다'에서 나온 말 아닌가요. 바로 보는 사람은 늘 손해 보기 마련입니다. 이익이나 대차대조표를 그렸다면 진즉에 때려치우고 떠났을 것입니다. 농부만큼 바보가 어디 있겠습니까. 손해나는 장사를 하는 사람이 몇이나 있겠습니까. 질 줄 알면서도 싸우는 선수가 어디 있겠습니까. 삶에서 이기려고 기를 쓰고 덤벼든 우리가 당신을 떠밀었습니다. 더 편안한 삶을 위해 당신을 절벽 아래로 떨어뜨렸습니다.

바야흐로 똥 묻은 개가 겨 묻은 개를 타박하는 시대입니다. 제 눈의 들보는 걷어내지 못하고 남 눈의 티를 의심하는 세월입니다. 저 하늘에 계신 하눌님과 땅속이 천국인 양 헤집고 노는 땅강아지에 이르기까지 삼천 대천세계에서 헛된 죽음은 없는 거지요. 당신이 흘린 피는 물이 되고 불이 되고 공기가 되어 당신을 죽음으로 몰아간 사람들의 몸속으로 스며들 것이니,

여름 비바람, 가을 무서리, 겨울 폭설에도 계절은 어김없이 흐르고, 세상 이야기가 다 쓰이고 난 뒤에도 새로운 이야기가 지금 다시 쓰이고 있듯, 세상 사람들 모두 죽어 흔적 없이 사라진다 해도 새로운 생명은 어디선가 꿈틀 일어서듯, 당신의 참말은, 당신의 행동과 실천은 끝내 다시 시작하는 후세들에게 뿌리내려 울울창창할 것입니다. 한 치 망설임도

없이 뛰어내린 고드름처럼, 삶이란 올가미 앞에 절대 고독
을 견디며 매달려왔던 당신의 손을 가만히 만져봅니다. 거
친 삶을 살아왔지만 뜻밖에 부드럽군요. 당신이 흘린 눈물,
세상 골목을 빠져나와 아픈 틈을 메우고 강물을 휘돌아 지
금 마악 바다와 만나 뜨겁게 끌어안는 모습이 보입니다. 눈
물은 말이 태어나기 전, 어머니가 만들어낸 가장 오래된 모
국어라는 사실을 믿습니다.

뜨거운 사투리
―김대중 대통령 추모시

선생님,

입추 지나 처서로 달려가는 귀뚜라미 울음소리 처연합니다. 어느덧 누렇게 물들기 시작한 들판 위에 먼바다에서 건너온 가을바람 소슬하군요. 손잡으려 하면 언제나 가없는, 저 남쪽 바다 끝 섬처럼 떠 있는 당신, 그리운 사람들은 항상 멀리 있고 엎드려 절하며 생의 사표로 삼고 싶은 스승들은 하나둘씩 머나먼 우주 속으로 사라집니다.

선생님,

그해 여름, 서산남부농협 신축 공사장에는 아침부터 뜨거운 햇볕이 섭씨 30도를 오르내렸는데요, 새참으로 나온 컵라면과 소주잔을 앞에 놓고 철근 팀과 목수 팀이 한바탕 붙은 적이 있었습니다. 예덕리 장씨와 홍천리 김씨가 멱살까지 붙잡고 험악하게 싸운 이유가 다름아닌 김대중은 빨갱이다, 아니다였어요. 사소한 말다툼으로 시작한 언쟁이 결국 예덕리 장씨 아저씨가 에이 씨발놈의 세상! 하면서 망치 자루를 던지고 집으로 돌아가면서 끝이 나고 말았습니다. 저는 똥 마려운 강아지처럼 한쪽 구석에 쪼그려 앉아 담배를 피우고 있는데, 어이, 자네는 음료수도 해태 걸로만 먹는다메, 묻더군요. 할 수 있다면 3m가 넘는 장빠루로 세상 천장을 피 터지게 한번 뚫고 싶었습니다.

밀물이 들면 썰물이 빠져나가듯 우리네 인생이란 한번 들어오면 언젠가는 반드시 돌아나가야 한다는 것을 알고 있지만, 사투리는 매웠습니다. 사투리는 무서웠습니다. 우리가 걸어온 숱한 거리에서 공사 현장에서 포장마차에서 술집에서 구멍가게에서 항구에서 터미널에서 역전에서 시장 바닥에서 이를 악물고 싸웠습니다. 한 나라의 대통령 자리에 오른 선생님을 간첩이다, 아니다, 빨갱이다, 아니다로 끊임없이 물어뜯고 피를 흘렸습니다. 항상 쪽수에서 밀린 가난한 사투리들은 숨을 곳이 없었어요. 말없이 눈물을 찬밥에 말아 거칠게 씹어 삼키곤 했지요. 세상 가장 낮은 그늘에서 세상 가장 높은 그늘까지 선생님의 손길이 미치지 않은 곳이 없었지만, 상처와 갈등 속에 언제나 따뜻한 그늘은 없는 법입니다. 선생님은 그 뚜렷한 그늘 때문에 영광과 좌절을 한꺼번에 겪어오셨습니다. 죽음과 삶이라는 반찬을 한 밥상 안에서 받으면서 견뎌내셨어요. 모두 병들었는데 아무도 아프지 않았*던 시절들이었지요.

선생님,
오랜 세월 아픔이었고 절망이었고 고통이었고 부끄러움이었고 울음이었고 한이었고 증오였고 끝끝내 치유할 수 없는 상처처럼 보였던, 그러나 너무나 큰 사랑이었던, 뜨거운 사투리는 동서 화합의 가교로써, 남북통일의 디딤돌로 우리들 가슴속에 튼튼하게 아로새겨져 있습니다. 어느 누구도 이 도도한 역사의 흐름을 거역할 수 없습니다. 이제 더이상

사투리 때문에 사람이 사람을 잡아 가두고 고문하고 죽이
는 세월은 그만두어야 할 때가 온 것 같아요. 그 모든 죄를
선생님이 대속하여 피 흘리고 가셨으니 말입니다. 십자가는
그것 하나만으로 족합니다. 그만하면 됐습니다. 저기, 장마
끝나고 쨍하니 빛나는 햇볕 아래 목수들, 다시 집을 짓기 시
작합니다. 억센 근육질 어깨에 땀방울 눈물처럼 흘러내리는
군요. 후제, 우리 목수 팀 통일 세상에서 선생님 다시 만나
면 홍탁삼합에다 막걸리 넘치게 받아놓고 잔치 한판 벌이자
구요. 춤 한번 덩실덩실 춰보자구요.

* 이성복의 시 「그날」 중에서

자화상

술 담배를 끊으면서 재미가 없어졌다

죽음 직전까지 갔다 온 뒤에 욕을 잘하거나
말이 꼬인다거나 어지럼을 호소하거나 글씨가 엉망인 사
람을 보고
오배가 못된 병삼이라고 부르지만
남자가 아니라 환자 신세라지만

희한하게 시인은 잘 알아듣고
소설가는 한 번 더 말해봐 자세하게
평론가는 묵묵부답
화가는 시골에서 독거노인이 올라오느라 고생했단다

블랙리스트와 시국선언에 이름을 올리고
(모욕이자 야만이었다)
세월호 동조 단식을 했다
시청 앞에서 낭송을 했다
하야와 퇴진을 외치며 촛불집회에 여러 번 참석했다
몇몇 곳에 후원금도 냈다
(왼손이 하는 일을 오른손이 몰라야 하는데)
내가 이러려고 시인 됐나 자괴감이 들어 괴로운데

무슨 소용이란 말인가

아이들이 그렇게 많이 죽었는데
몸은, 일찍 없어져야 할 물건 아니냐
아직 숨이 붙어 있구나
밥을 꼬박꼬박 챙겨 먹고 있구나

머리가 시킬 일 없어 편안하겠다
고민 안 해도 되겠다
그냥 막 살아도 되겠다

악착같이 치욕을 참고 말을 잘하려고
글을 똑바로 쓰려고 노력했는데
몸을 바로 세워 정신 차리고 새벽을 읽어도
허망하고 쓸쓸하구나
첫 마음으로 남아 있으려고 약을 쌓아놓고 살아도
사막과 별이 흐릿해지고 헛소리가 들린다

이번 인생은 실패했다
다시 일어나기 힘들겠다
아직 멀었구나

평범한 악

거기까지 갔다 왔다
세월호 얘기는 함부로 하지 말자

죽지 못해 사는 삶도 있다
죽어도 죽지 못하는 삶이 있다
죽어도 살지 못하는 삶이 있다

죽음이란 이런 것인가
깨끗하게 마당 쓸어놓는 일인가
깨끗하게 텃밭 매는 일인가
깨끗하게 빨래하는 일인가
깨끗하게 비워놓는 일인가

마당이 거꾸로 서는 것을 보았다
아무리 게워도 맹물밖에 나오지 않았다

죽음이란 이런 것인가
멀쩡한 의사가 간첩으로 보이고
예쁜 간호사가 북에서 보낸 사람으로 보인다
머리가 시키지 않는 욕만 나온다
머리가 시키지 않는 한숨만 나온다
머리가 시키지 않는 피눈물만 나온다

시체 장사 한다는 좀비들이 있다

가난한 학생들이 버스 타고 경주 안 가고

배 타고 제주 수학여행 가다니!

순수한(?) 유가족 뒤에 배후가 있다는 극우 꼴통이 있다

내수가 줄어들어 경제가 좋지 못하니 그만 잊으라는 빈대가 있다

시위하고 농성하는 시민들을 총 쏘고 개 패듯 패라는 진드기가 있다

이건 기본적으로 교통사고였다고 말하는 구더기가 있다

유가족을 이성이 없다거나 노숙자에 비유하고

미개하거나 거지 근성으로 똘똘 뭉쳐 있다고 말한 서캐가 있다

세금 도둑으로 예산을 펑펑 낭비한 불순한 의도가 있다고 말한다

민간 잠수사 일당이 얼마고 시신 1구당 수백만 원을 호가한다고 염장 지른다

광화문 천막은 대한민국의 부끄러운 자화상이라고 일갈한 지렁이도 있다

세월호 인양은 돈이 많이 드니 포기하자는 둥

이번 기회에 좌파 단체를 색출하여 종북으로 기운 나라를 바로잡자는 둥

차마 입에 담지도 못할 말을 아무렇게나 한다

공영방송에 압력을 넣는 내시가 살아 있는 나라다

이 급박한 상황에서 구조된 인원과 사진을 요구하는 환관
이 있는 나라다
　　고통 앞에 중립이 없다던 교황도 빨갱이인가
　　차디찬 바닷속에서 아이들이 고통스럽게 죽어가는 사이,
밥을 깨끗하게 비우고
　　화장과 머리카락 손질, 미용 시술을 받느라 일곱 시간 반
동안 아무 조치도 안 한 바구미가 있다
　　스스로 가이드라인을 제시해준 재벌에게 엮였다고 거짓
부렁을 한 기생충이 있다
　　바다에서 술 구하기가 어렵다는데 왜 음주단속을 합니까?
　　새벽에 강도가 들었다는데 왜 도둑이야 큰 소리를 쳐 잠
을 깨웁니까?
　　빨리 잊으라고 윽박지르더니 갑자기 시간 끌기 하는 철
면피가 있다
　　적반하장, 거짓으로 쌓아올린 거대한 산이라는 마리오네
트가 있다
　　가슴이 미어진다는 표현은 돈 받고 나온 사람들보다 아이
들이 숨넘어갈 때 쓰는 말이다
　　통일은 대박이라더니 갑자기 개성공단 문을 꽁꽁 걸어 닫
은 정신병자가 여기 있다
　　형광등 백 개의 아우라 같다고 눈부시게 아부했던 종편
은 어디 있는가
　　병신 오적과 부역자들, 기레기들은 어디로 숨었는가

청와대는 컨트롤 타워가 아니라고 강변하는 쫄따구가 있다

흙속의 진주라고 극찬한 해양수산부 장관은 엉뚱한 말을
하다가 중간에 잘렸다

촛불 파도를 북측 아리랑 체조를 본 것 같다는 좀벌레도
있다

촛불을 보고 바람 불면 꺼지는 존재라고 읊조리는 물옴
이 있다

촛불을 피울 때 나오는 성분이 어린이에게 좋지 못하다고
잘난 척하는 지네가 있다

대통령은 현장 책임자가 아니니까 놀아도 된다는 등에
가 있다

국난 극복을 말하는 가짜 보수 늙은 너구리가 있다

자기는 도망가면서 가만히 있으라고 방송하는 선장이 있다

젖어 있는 돈을 보고 울고 있는 사람이 있는가 하면

젖어 있는 돈을 말리는 개털도 있다

단식하는 사람 옆에서 피자와 통닭, 생맥주까지 시켜놓고
폭식 투쟁*하는 쥐벼룩들이 있다

모든 일은 혼과 우주의 기운이 작동하여 비정상을 정상으
로 만들어준다는 모기가 있다

청와대에서 진정한 비선실세는 진돗개라고 말을 하는 꼭
두각시가 여기 있다

혀가 꼬인다고 얘기하지 말자

하늘을 보면 머리가 어지럽다고 얘기하지 말자

글씨가 잘 안 써진다고 어리광 부리지 말자
아이와 아내가 보이지 않고
깨끗한 길만 보인다

거기까지 갔다 왔다
세월호 얘기는 기억 속에서 하자
기억은 힘이 세다
기억은 죽어서도 늙지 않는다

* 일베 회원들을 말함.
** 이 작품에는 박근혜와 부역자들의 뻔뻔한 말이 많이 들어 있습
니다.

국가를 구속하라

섣부른 희망을 얘기하지 말라
이건 명백한 살인이다

어른들이 아이들을 죽였다
국가가 국민들을 산 채로 수장시킨 것이다

캄캄한 바닷속에 너희들을 묻어두고
비겁한 아빠는 아직 숨 붙어 있구나
꾸역꾸역 밥 밀어넣고 있구나

아이들아,
이 닷냥 서푼어치도 못 나가는 시인을 우선 구속시켜다오
어떤 벌이든 달게 받겠다

뿌리부터 가지 끝까지 몽땅 썩어 문드러진
국가를 먼저 구속시켜다오

소록도에서

끝까지 왔습니다

산다화 한 묶음 그대 앞에 바칩니다
호랑가시나무 붉은 열매는 그대 향한 제 마음입니다
병원 뒷마당에 핀
철없는 철쭉은 누구를 위해 피었을까요
뭉크러지고 반쯤 썩어서 여기까지 왔습니다
소설 지나 동지 입구에 선 누더기 한 생애는
더이상 갈 곳이 없습니다
소리 죽여 들고 나는 바닷물은 치욕이 없는데
궁형에다 생체 실험까지 당한 제가
갈 곳이 어디 있겠습니까

제 인생은 언제나 바닥이었습니다
절명의 동백꽃 밑에서 다시 한번 생이 주어진다면
청산도 손죽도 거문도 추자도 제주도 마라도 이어도까지
날아갈 수 있을까요
그대 영정 앞에 뚝뚝 부러진 목숨
기꺼이 내놓을 수 있을까요
귀멀고 눈멀어 코와 입, 생쌀 넣을 때까지
엎드려 울어볼까요
눈물 소금 찍어 먹고
진창에서 바다 끝까지 기어가볼까요

지금부터는 긴긴 동면의 세월입니다
산다화 속절없이 눈 되어 떨어지면
그대, 한 점 섬으로 떠오를 수 있을까요
선연한 동백꽃으로
피, 피, 피,
피어날 수 있을까요

소리도
냄새도
빛깔도
그림자도 없는 그곳에서
다시 태어날 수 있을까요

10월

뜬봉샘에서
금강 천리 길을 따라 흘러갑니다

물소리는
낮아지면서 깊어가더군요

그대에게 가닿으려면 한 세상
얼마나 낮아져야 합니까
얼마나 깊어져야 합니까

새가 날아오면 새를
구름이 지나가면 구름을
산이 다가오면 산 그림자를
풀잎이 노래 부르면 풀잎을
나무가 이야기하면 나무를 비추고 싶었는데

어찌하여 죄부터 배우게 되었는지요

바람이 물 뒤꿈치를 슬쩍 밀자
잔잔 물 주름 저쪽 강기슭으로 퍼져갑니다

물 주름은 제 눈물의 파곡선입니다
울음소리가 아스라이

강 건너편에 닿기도 전
강은 스스로 넓어져서 소리를 파묻고 맙니다

모래만큼이나
먼지만큼이나 부서진 뒤에라도
그저 건널 수 있다면
이 오체투지 멈출 수 없습니다

속절없이 그대 기다리면서
울음을 삼킨 강을 건너 하늘 호수에 닿으려면
얼마나 더 넘어져야 할까요
얼마나 더 피 흘려야 할까요

개보다 못한 시인

옆집 개가 짖는다

바람 불어 나뭇잎 떨어져도 짖고
나뭇잎보다 미세하게 날개를 떨며 우는 매미 소리에도 짖고
까치 내려앉아 음식 쓰레기 뒤적여도 짖고
멋모르고 텃밭까지 내려온 고라니 되새김 소리에도 짖고
먹장구름 몰려와 소나기 지붕 위를 때려도 짖고
새벽 신문 배달하는 학생 발소리에도 짖고
우유 아줌마 바지런한 자전거 소리에도 짖고
게이트볼장 어르신들 웃음소리에도 짖고
한창 내부 수리중인 사원 아파트 망치질 소리에도 짖고
급하게 커브 도는 택배 트럭 엔진 소리에도 짖고
우리집 세탁기 돌아가는 소리에도 짖고
앞집 주정뱅이 해소 기침 소리에도 짖고
한 옥타브 높은 건넛집 아줌마 교성에도 짖고
공터에서 노는 아이들 농구공 두드리는 소리에도 짖고
뒷집 아저씨 크게 틀어놓은 텔레비전 소리에도 짖고
중늙은이 전기검침원 방구 소리에도 짖고
계란 장수 사과 장수 고물 장수 스피커 소리에도 짖고
우편배달부 오토바이 부르릉대는 소리에도 짖고
산림청 소방 헬기 프로펠러 소리에도 짖고
20 전투비행단 전투기 뜨고 내리는 소리에도 짖고

이지러진 달빛 보고 짖어대고
빗금 그으며 흘러가는 별똥별 보고도 짖고
남산만큼 배부른 해 보고도 짖고
집 나온 고양이 가르릉거리는 소리에도 짖고
멀리 옥녀봉 산꼭대기 야호 하는 소리에도 화답을 하고
페로몬 향기 짙게 풍기는 암캐에게는 거의 숨이 넘어가고

밥 주고 물 주러
주인과 손님이 들어오고 나가고
봄꽃 피고 지고
여름 안개 스멀스멀 기어들고
가을 공기 알맹이 가벼워지고
겨울 눈 내려 소나무 가지 부러져도 짖는다
세상 모두가 잠든 한밤중
하느님 뒤척이며 침 흘리는 순간에도 어김없이 짖는다

나는 아직까지 저 개새끼처럼
처절하게 깨어 있는 시인을 본 적이 없다

5부

세상 가장 낮은 말씀이시라

노을

마을 어른들 모시고 놀러갔다

카드 안 된다는 통영 물리치고
삼천포항으로 급히 빠졌다

이장이 회를 뜨는 동안 어른들과
유람선을 탔다

러시아 무용수들이 춤을 춘다
갈매기들이 새우깡에 춤을 춘다
파도가 유람선 가는 길을 따라 춤을 춘다
늙은이들도 신이 나서 꼬부라진 몸을 흔든다
그 유명한 막춤이 여기서 태어났구나

돌아오는 버스 속에서
얼큰히 술이 오른 중늙은이가 노인 회장한테
해봤냐고? 하고 묻는다

아나고회를 먹으면 안 하고 못 배겨
옛 유머를 생각하며 슬며시 웃었다

회 봤냐고?
남은 회를 안주 삼아 소주를 더 마시고 싶은 거였다

노을이 산꼭대기에 걸렸다 ㅡ

ㅡ

공동묘지

강가의 돌에 눈이 내리자
둥근, 둥근 봉분이 태어났다

고봉밥 푸짐한 봉분이 물소리를 듣고 자란다
돌은 물의 무덤이다
가장 현묘한 구멍에서 빠져나오는 목탁 소리
봉분을 휘감고 돈다

밤새 눈이 그치고 안개 향이 피어오르자
서풍과 강물은 일제히 엎드려 경을 읽는다

억겁 세월 얼마나 많이 읽었는지
강바닥은 너덜너덜해졌다

무덤이 모래알을 슬어 치어로 부화할 때까지

돌은 꽃을 피우고
벌레 꼬물거리고
물고기 뼈 새겨넣었다
돌 속에 새들의 날갯짓 접어 넣었다
돌 속에 나무의 혈관 흐르게 했다

쉿!

지금은 동안거
묵언수행중이다

놀양목

아무리 노력해도
득음에 오르지 못한 소리꾼이 있다

새벽 장대비 속
소쩍새
뻐꾸기
무당개구리 선잠에 들었는데

부지런한 수탉 한 마리
흐르는 계곡물 앞에 의관을 정제한 뒤
꼿꼿하게 목청을 가다듬는다

첫 소절부터 피가 튀어오른다
저러다 성대결절이 생기는 것 아닐까

천년 해소 기침에 시달린 수룡골 늙은네
가래 끌어올리는 소리와 장죽 터는 기세에 놀라

풀이 쓰러진다
나뭇가지 꺾인다
돌 이마 사정없이 깨진다

오랫동안 위궤양 다스려온 아침 안개 골짜기 아래로 퍼

지고
　우당탕 흘러가는 계곡물 소리
　식도협착을 빠져나가는 바람 소리 홀로 듣는다

노구(老軀)

게릴라성 폭우가
방화동 계곡을 휩쓸고 지나간 뒤
5백 년 토종 산벚나무 생을 접었다

꽃 내어주고
잎 찢어지고
몸까지 버렸으니 소신공양이 따로 없다

주인 대신 집 지킨 늙은 개처럼
뿌리가 껴안고 살아온 돌덩어리들이
산 쪽으로
흙 쪽으로
집 쪽으로
혼신을 다해 쓰러진 나무를 끌어당긴다

물이 탁하면 들여다볼 세상까지 흐려지는 것이니
씻어낸다고 깨끗해지겠느냐
흘러가는 그대로 두거라

난세에 붓 꺾지 못하고
창창한 후학들 눈멀게 한 죄 깊으니
염쟁이 부를 필요 없다

싹 나올 무렵부터 공부는 천명이었으나
한 문장도 제대로 얻지 못한 주제였으니
봉분이 무슨 필요가 있겠느냐

내 몸이
내 업장이
저 돌덩이보다 더 무겁구나

소한(小寒)

고라니가 캥캥 우는
산골 추위 한번 맵구나

봉화산에서 내려오는 물소리 들리지 않는다

물이 얼면 소리가 막히는 법
이 겨울 누구를 비난할 것인가

계곡은
밖으로 풀어지는 마음을
안으로 싸안고 겨울을 견딘다
침묵을 채찍질한다

소리가 막히면 바람이 먼저 어는 법
얼음장 밑으로 흐르는 물은
세상 가장 낮은 말씀이시다

봄은 실패해도 좋은 역성혁명인가

무혈 입성하는 저들을
두 손 놓고 바라봐야 하나

말이 막히면 만백성이 어는 법

흰옷 입은 사람들 흘린 피
겨울잠 자고 있다

꿈결까지 따라오던 물소리 꽝꽝
깊은 잠 들어 있다

우수
경칩은 도대체
어느 바다에서 상륙한 말씀들인가

구름마저 얼어붙어
하늘이 무연고 시신으로 떠내려오는 머나먼 이곳
아침의 나라
동방의 차디찬 불빛!

겨울밤

허리까지 쌓인 눈이
굽이치는 달밤이면

나는
덕산 최생원 집 뒤안
왕대나무 가지에 반달곰 쓸개를 매달아
장안산 너머 사암리 냇갈까지 낚싯대를 던져놓고
매서운 바람의 파동을 귀기울여 듣고 있는데

큰 산맥 너울이
두어 번 아부지 코골이 소리에 뒤척이자
아름드리 참나무 팽나무 서어나무 수초에 붙어 있던
산갈치들이 은빛 지느러미를 번뜩이며
일제히 솟구쳐오르다 미끼를 덥석 물고
깊이를 알 수 없는 구룡폭포 쪽으로 날아가는데

찌르르
허공이 한번 달빛에 휘청
걸려 넘어지는 것인데

오줌똥 지리는 줄 모르고 끌어당기는 사이
감나무 둥치 통째로 쓰러지고
고라니 멧돼지 혼비백산 달아나고

아뿔싸!
측간 옆 마당에 파편처럼 떨어져 뒹구는 새벽별
줄 끊어먹은 산갈치는 은하수 밑으로 아스라이 숨어버리고
달의 구멍에서 쏟아져나온 피리 소리

언 들판에
낭자하다

호미

방천난 논둑이다

허물어진 밭두렁이다

꿰맨 홑바지 적삼이다

칡뿌리 칼퀴손이다

저승꽃 주름살이다

무너진 항아리다

굳은살 멍에 자국이다

구부러진 봇도랑이다

휘어진 돌담장이다

꼬부라진 비탈 끄트머리다

닳고 닳은 무릎 연골이다

잔금이 간 흰 고무신 코

조선낫 버선발이다

동백기름 발라 머리카락 단정한 이마 쪽쩐 비녀

댕댕이 소쿠리 속때 절은 골무와 반짇고리

끝내 하늘대못에 박혀 숨넘어간 어머이다

끈

높은 깎음으로 올라가는 들머리
왕소나무가 서서 열반에 들었다

어렸을 적
저 나무 위에서 부엉이가 울면
부엉이 아래에는 개호주가
시퍼렇게 불을 켜고 앉아 있었다

측간까지 걸어가지 못해
마당 한 귀퉁이 밤똥을 눌 때
오금 저리게 했던 개호주 울음소리와
암자로 올라가는 길은 끊어졌다

검부적 한 짐
산처럼 지고 높은 깎음을 내려오던 아부지
지게 매듭 한가운데 묶여 흔들리던
오미자 머루 다래송이들……

화르르, 가을 하늘로 퍼져나가는
저녁연기

달콤하고 구수한
아부지 담배 연기

삼줄 같았던 인연 간경화로 놓아버리고
무덤은 낮아져서 수평에 가까운데
가는쟁이 콩밭가 우거진
청미래, 댕댕이, 칡넝쿨 사이로

퍼들껑!
장끼 한 마리 직선으로 날아간다

하프 마라톤

다릿골까지
이제 얼마나 남았을까

세상 진창길
타는 발바닥으로 땀범벅되어
간신히 마흔아홉 구비를 돌았다

심장이 터질 것 같구나
빈 도시락 관절 삐걱대는 소리 졸라매고
사태 모랭이를 돌아 저기,
산그늘 먹물 번지듯 눈꺼풀 머리에 이고 고향집이……,

아득한 곳에서 누가 나를 부르는가
수미산 날맹이 넘지 못한 저녁연기 혼불처럼 퍼지기 시
작하는데

달의 기억으로 내 모습 다시 뚜렷해질 때까지

어,
머, 머, 니, 허어헉,
꼬, 오, 옥, 도, 돌아, 갑니다아아압,
바, 압상, 치, 치우지, 마, 말고, 기, 기다려, 주, 우, 세
요……오, 오오홉,

126

첫눈

가장 단단한 먼지이자 가장 물렁한 바위다

천상의 춤이자 지하의 술이다

가장 가벼운 꽃이자 가장 무거운 물이다

깊은 바다이자 얇은 바닥이다

가장 맑은 소리이자 가장 탁한 소란이다

화려한 침묵이자 소박한 웅변이다

가장 차가운 불이자 가장 뜨거운 입김이다

깨끗한 날개이자 불결한 내장이다

가장 열렬한 마중이자 가장 쓸쓸한 배웅이다

환한 입구이자 캄캄한 출구이다

가장 단정한 잠이자 가장 흐트러진 꿈이다

달콤한 치욕이자 쓰디쓴 사랑이다

가장 부드러운 몸이자 가장 거친 영혼이다

촘촘한 그물이자 성긴 허공이다

가장 확실한 연기이자 가장 희미한 실체이다

그림자 없는 빛이자 빛 없는 그림자다

가장 느슨한 구속이자 가장 팽팽한 용서이다

사막의 눈물이자 빙점의 웃음이다

가장 광포한 평화이자 가장 차분한 혁명이다

부실한 열매이자 탄탄한 뿌리이다

가장 간절한 기도이자 가장 엉성한 수행이다

높은 말씀이자 낮은 몸부림이다

가장 독한 키스이자 가장 순수한 신열이다

격렬한 떨림이자 조용한 소멸이다

가장 멀리 퍼져나가는 울음이자 가장 가까이 다가온 비명이다

섬세한 칼날이자 세상 뭉툭한 쇠몽둥이다

생애가 이야기의 잔치인 시에 달하기까지

김정환(시인)

단도직입적으로, 「뼝이라고 했다」 전문을 맨 처음 읽는
것이 중요하다. 유용주 특유의 강건풍 걸작이라서 그렇기도
하지만, 이 시가 시집 전체를 제대로 혹은 효과 있게 혹은 가
장 풍부하게 이해하는 담보 혹은 보루라서 그렇기도 하다.

단자를 가다 시퍼렇게 불 밝힌 호랭이 새끼를 본 적이
있다

귀 달린 비얌을 본 적이 있다

온몸이 검은, 파란, 붉은, 흰 비얌을 본 적이 있다

풀을 베다 나무 위에서 살모사가 우수수 떨어지는 것을
본 적이 있다

담부떼가 나무를 오르내리는 모습을 본 적이 있다

비 온 날 배가들 뫼뿔에 앉아 있던 곰을 본 적이 있다

나무를 하며 산갈치가 날아가는 것을 본 적이 있다

맑은 날 길을 걷다가 하늘에서 떨어지는 물고기를 잡
은 적이 있다

구멍 속에 맑은 물이 고인 더덕을 캔 적이 있다

혼불이 나가는 것을 본 적이 있다

돌로 쌓은 항아리 안에서 아이 울음소리를 들은 적 있다

한밤 머리 없는 여자가 뒤돌아서는 것을 본 적이 있다

아부지 돌아가신 날에는 하얀 두루마기를 입고 꿈에 나
타났다

강이 흐느끼는 소리를 들었다

산이 우는 소리를 들었다

오전 10시쯤 해가 퍼져 오후 2시 27분에 뒷산으로 넘어
가는 겨울

밤엔 해보다 밝은 달이 뜨고 별들이 흩뿌려놓은 듯 흘
러가는

눈이 내리면 굴을 파서 이웃집에 마실을 가던

모든 노래가 한낮 그늘인

지금은 사라져 다시는 볼 수도 들을 수도 없는
                                    ―「뻥이라고 했다」 전문

 이 리듬은 몇몇 단어 뜻에 대한 궁금증도, 자연과 인간,
현실과 초현실, 말이 안 되는 것과 되는 것의 구분도 일거에
무너뜨리며 내리닫을 정도로 강력하다. 단순한 강건이 아니
다. 거꾸로, 뜻이 알쏭달쏭해서 더욱, 구분과 말이 안 되어
더욱 강력한 것 같다. 급기야 "적이 있다"가 현재보다 더 현
재적인 시제로 군림한다. 무엇을 위해서? '나타났다' '들었
다'로 숨을 고른 다음 마치 처음처럼 자세히 시작하는 현재
에서(오전 10시쯤……) 마지막 행에 이르는 과거로의 급전
을 더 과감하게 역전하기 위해서다. '지금은 사라져 다시는
볼 수도 들을 수도 없는'. 전혀 그렇지 않다. 참으로 강력한
리듬이 참으로 보기 드문 역설을 낳는다. 이 시는, 훌륭한
시가 그렇듯, 온갖 제도적인 시의 분류 바깥에 있다. 이것
이 어떻게 가능한가?
 우선, 거창하게는 유용주의 시 정신이 역경을 딛고 일어
서는(훌륭할 수 있으나 이 태도에는 역설이 있기 힘들다)
것에 있지 않고 역경을 받아들이며 나아가는 것에, 더 나아
가 역경을 받아들이는 것이 나아가는(거룩과 역설이 가능

134

하다. 거룩이 역설이고 역설이 거룩인 것이 가능하고 역설
의 거룩과 거룩의 역설이 가능하다) 것에 있다. 이를테면
의학적으로 거의 죽었다 살아난 자신의 경험을 그는 이렇
게 쓴다.

어,
머, 머, 니, 허어헉,
꼬, 오, 옥, 도, 돌아, 갑니다아아압,
바, 압상, 치, 치우지, 마, 말고, 기, 기다려, 주, 우, 세
요……오, 오오홉,

—「하프 마라톤」 부분

마취가 잘 안 되는 체질이란다
생발톱을 뺄 때도 마취를 못하고 꿰맸다
치질, 치루, 치핵을 주렁주렁 달고 수술을 했다
발톱 빠질 때를 열이라 한다면 이번에는 백이다
일을 볼 때마다 밑에서 면도칼이 쏟아졌다
울었다
더운 병실인데도 추웠다

오랫동안 피가 나왔다
더러운 성질은 덤이었다

—「아더매치」 부분

    그리고 미세하게는 시 도처에 아무렇지도 않게 숨어 있
는, 단 한 줄로 끝나는, 면도날처럼 현격한 깊어짐이다. 너
무 미세해서 「뻥이라고 했다」에서는 보이지 않는다. 들리기
만 한다. 어쨌거나 그 느닷없는 깊이, 느닷없음의 깊이는 매
우 다양한데 몇 군데만 본다.

    큰집은 부산, 누나와 조카들은 **40**년 가까이 인천에서,
동생은 아이들과 수원에서 숨쉬고 있다 나는 아무런 잘못
이 없었다 태어난 게 죄였다

—「개 두 마리」 부분

    술 담배를 끊으면서 재미가 없어졌다

    죽음 직전까지 갔다 온 뒤에 욕을 잘하거나
    말이 꼬인다거나 어지럼을 호소하거나 (……)
    사막과 별이 흐릿해지고 헛소리가 들린다

    이번 인생은 실패했다
    다시 일어나기 힘들겠다
    아직 멀었구나

—「자화상」 부분

136

마을 사람들은 쌍수를 들고 환호했다
지상의 삶을 축하했다
이른 시간에 계곡 취수원까지 올라오지 말았어야 했다
                              —「노루」 부분

곡괭이 자루로 맞았다
맞는 만큼 고학년이 되었다
학교림 최우수 학교에 걸맞게 나무를 돌보고 벌한테 쏘
이면서
                              —「수분국민학교」 부분

머리에 헬멧을 쓰지 않았다면 큰일날 뻔했다
다리와 가슴이 엉망이 됐고 뼈가 많이 부러졌다
길은 사납고 죽음은 부드럽기 한이 없다
젊을 때에는 연청에 가입하고 밤새 술잔을 기울였다
하우스를 짓고 뜸부기와 꿩도 기른 적 있고 자생 난에
취미가 많다
                              —「고욤나무」 부분

쥐눈이콩처럼 반짝이는
무구한 눈을 한참 들여다보았다

완벽한 채식만이
저 눈빛을 만들 수 있으리라

쌓인 눈 위에 찍힌 황망한 발자국들……
                              —「형제간」부분

밤새 눈이 그치고 안개 향이 피어오르자
서풍과 강물은 일제히 엎드려 경을 읽는다

억겁 세월 얼마나 많이 읽었는지
강바닥은 너덜너덜해졌다

무덤이 모래알을 슬어 치어로 부화할 때까지

돌은 꽃을 피우고
벌레 꼬물거리고
물고기 뼈 새겨넣었다
                              —「공동묘지」부분

봉화산에서 내려오는 물소리 들리지 않는다

물이 얼면 소리가 막히는 법
이 겨울 누구를 비난할 것인가

계곡은
밖으로 풀어지는 마음을

　　　　　　　　　　　　　　　—「소한(小寒)」 부분

거기까지 갔다 왔다
세월호 얘기는 함부로 하지 말자

죽지 못해 사는 삶도 있다
죽어도 죽지 못하는 삶이 있다

　　　　　　　　　　　　　　　—「평범한 악」 부분

　유용주의 거창한 시 정신과 미세한 깊이가 한몸을 이루는
광경은 혈육의 생애와 사회적 공동체 경험이 자연과 한몸을
이루는 광경에 다름아니다. 어쩌나 완벽하게 한몸인지 순수
자연도 한가로운 달관도 들어설 틈이 없다. 「몽정(夢精)」은
그 한몸의 가장 내적인 심화라 할 것이다. 그의 생애가 아
무리 몸과 가슴이 아프더라도 이야기의 잔치인 시에 달하는
과정이다. 그의 생애가 시의 과격한 요체에 다름아니다. 그
의 리듬이 그를 앞으로 더욱, 그의 생애를 더욱 그렇게 만들
것이 분명하다. 단, 너무 직접적으로 시사적인 주제를 피할
수 있다면. 건강의 기적적인 회복만큼이나 유용주와 유용주
시 정신에 다행인 것은, 우리가 너무 직접적으로 시사 풍자

적이거나 시사 비난적일 것까지는 없을 정도로 멀쩡한 대통
령을 누리고 있다는 점일 것이다.
 그의 완벽한 쾌유를 비는 마음에서 그의 또하나의, 조금
덜 과격한 일품으로 이 글을 맺고 싶다.「채근담을 읽었다」
전문이다.

 토옥동 계곡을 걸었다

 살얼음이 깔려 있었다
 오소리를 읽었다
 고라니를 읽었다
 너구리를 읽었다
 담부떼를 읽었다
 멧돼지를 읽었다
 그 위로 눈이 내렸다

 나무와 돌은 그냥 지나쳤다
 물이끼는 그냥 지나쳤다
 살얼음 속으로 숨은 물고기와 고동은 지나쳤다
 응달의 너덜겅과 고드름은 지나쳤다
 지난여름, 폭우에 뽑힌 나무뿌리는 지나쳤다
 흙속의 서릿발은 애써 피했다
 구멍을 뚫어 고로쇠를 채취하는 산골 농부 얼굴을 힐

끗 쳐다봤다
  소리내어 흐르는 물을 힐끗 쳐다봤다

  낙엽만 보고 걸었다
  썩어 거름이 된 삶을 보고 싶었다

  나무와 돌과 물은 너무 무거웠다
  낙엽은 가벼워서 편했다

  내 삶을 들여다보는 느낌이었다
  눈 위에 찍힌 내 발자국을 보고 걸었다

유용주 1991년『창작과비평』을 통해 등단했다. 시집으로
『가장 가벼운 짐』『크나큰 침묵』『은근살짝』이 있다. 신동엽
문학상을 수상했다.

문학동네시인선 104
서울은 왜 이렇게 추운 겨
ⓒ 유용주 2018

1판 1쇄 2018년 4월 16일
1판 2쇄 2022년 11월 21일

지은이 | 유용주
책임편집 | 김민정
편집 | 김필균 도한나
디자인 | 수류산방(樹流山房)
본문 디자인 | 유현아
마케팅 | 정민호 이숙재 박치우 한민아 이민경 안남영 왕지경 김수현 정경주
브랜딩 | 함유지 함근아 김희숙 고보미 박민재 박진희 정승민
제작 | 강신은 김동욱 임현식
제작처 | 영신사

펴낸곳 | (주)문학동네
펴낸이 | 김소영
출판등록 | 1993년 10월 22일 제2003-000045호
주소 | 10881 경기도 파주시 회동길 210
전자우편 | editor@munhak.com
대표전화 | 031) 955-8888 팩스 | 031) 955-8855
문의전화 | 031) 955-3578(마케팅), 031) 955-2678(편집)
문학동네카페 | http://cafe.naver.com/mhdn
인스타그램 | @munhakdongne 트위터 | @munhakdongne
북클럽문학동네 | http://bookclubmunhak.com

ISBN 978-89-546-5096-0 03810

www.munhak.com

문학동네